내 시간을 돌려줘!

내 시간을 돌려줘!

김현수 장편소설

팩토리나인

목차

단 한 번이라도 시계와 마주한 적이 있는가?
시간을 확인하느라 잠깐 보는 것이 아닌
1초, 1분과 진지하게 말이다.
더 정확히는 한 시간이고 두 시간이고
하염없이 시계만 들여다보고 있던
일이 있느냐는 물음이다.
없다면 반드시 해보길 바란다.
늘 바쁘고 시간에 쫓긴다고
생각하는 사람이라면 더더욱.

01

하루가 10분만 더 길어도 소원이 없겠다

고등학교 2학년인 준우의 아침은 오늘도 7시 정각 휴대폰 알람으로 시작되었다.

"일어나. 7시 15분이야."

시끄러움을 못 참고 방에 들어온 아빠가 알람을 끄며 준우를 깨웠다.

"10분만, 10분만······."

준우는 눈도 못 뜨고 이불 속으로 더 깊이 들어갔다. 그도 그럴 것이 모범생답게 밤새워 공부하다 새벽 2시가 넘어 잠을 잤기 때문이다.

"안 돼. 지각이야. 16분!"

준우 아빠는 단호하게 이불을 걷어냈다.

"아우……."

준우는 낮은 한숨을 토해내며 어쩔 수 없이 몸을 일으켰다. 준우 자신도 이제 막 새 학년이 시작됐는데 지각 따위를 해 모양새를 구기고 싶진 않았다. 그러나 몸은 정직한 법. 준우는 떠지지 않는 눈을 감은 채 중얼거렸다.

"아……, 하루가 10분만 더 길어도 소원이 없겠다……."

어느새 등교 준비를 마친 준우가 말끔한 교복 차림으로 가방까지 메고 주방으로 들어왔다. 식탁 위엔 땅콩버터와 잼을 바른 토스트, 우유 팩이 놓여 있었다. 준우는 앉지도 않은 채 우유 팩부터 열었다. 인덕션 앞에 있던 아빠는 기다렸다는 듯이 프라이팬째 가져와 토스트 위에 달걀프라이를 올렸다. 그러고는 그 위에 토스트를 한 장 더 포개 샌드위치를 만든 후 종이 포일로 감싸 준우에게 내밀었다.

"다녀올게!"

"좋은 하루!"

준우는 한 손에는 샌드위치를, 다른 한 손엔 우유 팩을 들고 돌아섰다. 그러나 무언가 평소와 다른 점을 느낀 준우는 이내 다시 주방에 얼굴을 들이밀며 물었다.

"엄만 어디 가고?"

"새벽에 들어와서 아직 자."

"새벽까지 뭐했대?"

샌드위치를 한 입 베어 물며 천연덕스럽게 묻는 준우의 모습에 아빠는 어이없다는 듯 말했다.

"은영 아줌마 어머니 돌아가셨잖아."

"그래?"

준우의 반응은 꼭 처음 듣는 사람 같았다.

"어제 같이 들었잖아. 장례식장 간다고."

"그랬나?"

"짜식, 공부하느라 정신없는 건 알지만 가족한테 관심 좀 가져."

"오케이."

준우는 흔쾌히 답하고 집을 나섰다. 별일 아니었다. 가끔 그럴 때가 있었다. 방금처럼 분명 들었던 얘기일 텐데 전혀 생각나지 않기도 하고, 약속을 까맣게 잊어 상대를 당황하게 하고, 심지어는 상대가 눈앞에서 5분 전에 했다는 말도 전혀 듣지 못한 것 같을 때가 있었다.

준우는 그때마다 자신이 딴생각을 하고 있었거나 귀담아듣지 않아 깜박한 거라고 대수롭지 않게 생각했다. 오히려 놀란 건 음악을 재생하려 꺼낸 휴대폰이 가리키고 있는 현재 시각 때문이었다. 아빠랑 잠깐 대화한 것뿐인데 집을 나선 시각은 평소보다 12분이나 늦은 후였다. 준우는 남은 샌드위치를 입 안에 구겨 넣고 우유로 넘긴 후 달리기 시작했다.

8시를 막 넘긴 금강고등학교 앞은 등교하는 학생들로 활기에 넘쳤다. 8시 30분까지 등교하는 것을 원칙으로 하는 금강고등학교는 이맘때가 가장 많은 학생이 몰려오는 시간이었다. 부지런히 뛰어와 그들의 물결에 합류하게 된 준우는 그제야 달리기를 멈췄다. 뛰는 내내 결렸던 옆구리도 늦지 않았다는 안도감 때문인지 금세 진정이 되었다.

준우 곁으로 곧 하나둘 친구들이 모여들었다. 또래보다 큰 키와 하얗고 깨끗한 피부를 가진 준우는 갓 입학한 1학년들조차도 모르는 사람이 없을 정도로 그 근방에선 매우 유명한 학생이었다. 미형의 외모뿐 아니라 전교 1등을 놓치지 않는 성적과 뛰어난 운동 능력, 잘 웃고 다정한 성격 등 마치 신이 좋은 것만 엄선해 장착해주신 듯 완벽한 준우는 또래의 남녀 학생들 모두에게 호감을 사고 있었다.

반면 준우로부터 50m 정도 떨어진 뒤쪽에선 효빈이 모두의 무관심 속에 등교하고 있었다. 희미한 존재감 탓에 모두가 효빈을 의식하지 못하고 있었지만 효빈도 사람인지라, 보고만 있어도 기분이 좋아지는 밝은 햇살과도 같은, 저 앞쪽의 준우가 눈에 띄지 않을 리 없었다. 효빈은 준우와 같은 반이었지만 한 번도 준우와 대화를 해본 적이 없었다. 그는 늘 아이들에게 둘러싸여 있었고, 그런 준우에게 말을 걸 사교성 같은 건 효빈에게 없었다.

인기 많은 준우를 조용히 바라보는 게 다일 뿐인 효빈과 달리, 100m 거리에서 준우를 발견한 나경과 지수, 보영은 호들갑을 떨었다. 나경도 효빈과 똑같이 준우와 같은 반 여학생이었지만 효빈의 정서상 문체가 건조체라면 나경은 화려체라고 말할 수 있을 정도로 두 사람은 모든 면에서 매우 달랐다. 나경에겐 준우가 자신의 아이돌이었다. 늘 나경과 같이 다니는 우유체 지수와 강건체 보영에게도 준우는 아이돌이었다. 세 사람은 누가 먼저랄 것도 없이 하트가 가득한 눈이 되어 두 손을 깍지 껴 모은 채 합창했다.

"준우다!"

이어 지수의 입에서 감탄사가 흘러나왔다.

"어쩜 저리 멋질까."

"주변의 모든 기운이 준우를 중심으로 돌아가는 것 같아."

나경도 거들었다. 그사이 보영이 넘치는 순발력으로 준우에게 달려갔다. 이에 나경과 지수도 질세라 달려나갔다. 그 바람에 나경이 효빈의 어깨에 부딪혔다. 나경도 효빈도 충격에 휘청였다.

"왜 걸리적?"

나경의 짜증에 효빈은 어쩔 줄 모르는 표정을 지었다.

"미안……."

뒤에서 달려와 어깨를 들이받은 건 나경이지만 오히려 사과하고 미안해한 것은 효빈이었다. 하지만 나경은 관심도 주지 않고 다시 준우에게로 돌진했다. 그러고는 지수, 보영과 함께 준우 옆에 서서 나란히 걷기 시작했다. 그렇게 남녀 친구들에게 둘러싸여 등교하는 준우의 뒷모습을 보고 있자니 효빈은 조금 부러운 마음이 들었다. 하지만 부러워하는 것조차 사치라는 생각이 들자 효빈은 이내 의기소침해졌다.

효빈은 어수선했던 마음을 잊으려는 듯 수업 시간 내내 그림만 그려댔다. 효빈의 자리는 비록 맨 앞이었지만 복도 쪽 구석이라 선생님의 시야에서 벗어나는 사각지대였다. 반면 중간쯤 자리에 앉아 있는 준우는 모범생답게 집중해 수업을 들었다. 나경과 지수, 보영도 맨 뒤에 나란히 앉아 수업을 들었다. 세 사람에게는 준우가 어느 자리에 앉든 맘껏 지켜볼 수 있는 맨 뒷자리가 최고의 명당이었다.

수업을 마치고 친구들과 축구 한 경기를 끝내고 학원 두 곳의 수업까지 모두 들은 준우는 부랴부랴 독서실로 향했다. 서두르지 않으면 수면 시간이 줄어들기 때문이다. 그날 배운 건 그날 완전히 익힌다는 게 준우의 대원칙이라, 독서실에서 자정까지 복습을 끝내지 못하면 집에 돌아와 나머지를 기어이 다 마치고야 잤다. 준우는 원칙주의자인 자신이 평소 늘 시간에 쫓기고 바빠 허덕이는 건 자연스러운 일이라고 생각했다. 그 메일을 받기 전까진 말이다.

그날 밤도 독서실 자리에 파묻혀 있던 준우는 휴대폰 알림 불빛에 고개를 들었다. 이메일이 도착했다는 무음 알림이었지만 휴대폰을 집어 든 준우의 눈에는 현재 시각이 먼저 들어왔다. 몇 문제 풀지도 못했는데 벌써 10시가 넘어가고 있었다. 준우는 아쉬운 마음으로 메일함을 확인했다. 받은 메일함에 이상한 제목의 메일이 와 있었다.

[난 미래의 너다.]

신종 스팸인가 싶어 읽지도 않고 바로 삭제를 누르려는데 메일이 또 하나 도착했다.

[스팸 아님. 책상 맨 아래 서랍 시집이 비상금 저장소]

'어……? 어떻게 알았지?'

순간 놀랐던 준우는 이내 반성했다. 아무도 모를 거로 생각하고 숨겨놓은 곳인데, 이렇게 스팸메일 제목으로 쓰일 정도면 개나 소나 다 책상 서랍 속 시집에 비상금을 숨기고 있구나, 창의성 부족이다 싶었다. 이때 또다시 새로운 메일이 도착했다.

[아버지 요리는 언제나 노맛 잼 토스트. 첫 번째 메일 꼭 읽어.]

"헐……."

독서실이라는 것을 잊은 듯 준우의 입에서 감탄이 흘러나왔다. 더 이상 스팸으로만 여길 순 없었다. 왜냐하면 따로따로 먹어도 맛있는 땅콩버터, 딸기잼, 식빵, 달걀프라이를 가지고도 맛없는 요리를 할 수 있는 사람은 대한민국에 우리 아빠 한 사람뿐일 거라고 늘 생각해왔기 때문이다. 준우는 결국 [난 미래의 너다.]라는 제목의 메일을 클릭했다.

내가 나에게 메일을 쓰려니 뭐라고 호칭해야 할지조차 모르겠지만

당시의 나를 떠올려보면 긴 이야기는 딱 질색하던 때라 용건만 쓰겠다.

첫 문장부터 뭐야, 싶었다. 그러나 피식했던 준우의 얼굴에
선 이내 웃음기가 사라졌다.

'설마⋯⋯. 말도 안 돼⋯⋯.'

준우는 얼른 가방부터 챙겼다. 자정까지 독서실에서 공부
하는 루틴이 깨지는 순간이었지만 왠지 지금은 그것이 문제가
아닌 것 같았다.

같은 시각, 효빈은 거실 테이블 앞에 앉아 대용량 '고래밥'
과자를 모양별로 정렬하고 있었다. 효빈 옆에는 방금까지 종
이접기를 한 듯 여러 모양의 결과물들과 종이접기 책들이 펼
쳐져 있었다. 천장이 높은 데다 아무도 없어 더 넓어 보이는
거실엔 실물 사이즈의 강아지 인형 '뭉이'와 고양이 인형 '냥이'
만이 효빈과 함께하고 있었다. 평소 효빈은 안부를 묻는 이모
에게 자신은 대용량 '고래밥' 한 봉지와 뭉이, 냥이만 있으면
세상에서 제일 행복한, 아주 효율적인 사람이라며 웃어 보였
지만 이모는 늘 그런 효빈을 안쓰러운 눈으로 바라보았다. 한
창 친구들과 어울리고 부모님께 사랑받을 나이에 과자와 인형
들을 벗 삼는 조카를 흡족하게 여길 이모는 없을 것이다.

드디어 '고래밥' 정렬을 끝낸 효빈은 손을 탁탁 털고 벽에 걸린 시계를 바라보았다. 11시가 다 되어가고 있었다.

"에……, 아직 11시도 안 됐네……."

탄식처럼 흘러나온 효빈의 목소리엔 지루함이 가득했다.

집에 돌아온 준우는 씻지도 않고 곧바로 책상 앞에 앉아 진지한 얼굴로 휴대폰 현재 시각을 초집중해 노려봤다. 노트북 화면에는 미래의 자신으로부터 받은 메일이 열려 있었다.

네가 늘 쫓기듯 바쁘고 하루가 금방 간다고 느끼는 건 너의 하루가 남들과 달리 23시간뿐이기 때문이야. 당연히 믿기지 않겠지만 시계를 통해 너의 1분, 1초를 계속 주시해보면 이것이 놀랍게도 사실이라는 걸 알 수 있을 거다.

말 그대로 믿기지 않는 얘기였지만 확인해보는 것도 나쁘진 않을 것 같았다. 10시 55분 56초, 57초, 58초, 59초…… 00초, 그러고는 계속해 01초, 02초, 03초…….

'미쳤지……. 장난 메일 따위에…….'

준우의 입가에 스스로에 대한 냉소가 흘렀다. 당연한 것을 지켜보느라 20여 분을 허비한 게 너무 아까웠다.

그러나 휴대폰에서 시선을 떼려던 그 순간, 준우는 소름 끼치는 사실 하나를 발견했다. 초만 보고 있었는데 분이 변한 것이다. 55분 59초에서 56분이 된 게 아니라 58분 00초로 2분이 건너 뛰었다. 준우는 믿기지 않아 휴대폰을 눈앞에 들어 확인했다. 가까이서 봐도 58분이었다. 준우는 다시 초집중해 현재 시각을 지켜보았다. 컵라면이 익는 3분조차도 기다리자면 지루한 법인데 놀란 마음에 긴장까지 해선지 15분을 계속해 쳐다보고 있어도 지루하지가 않았다. 11시 14분 56초, 57초, 58초⋯⋯. 그리고는 11시 15분 00초가 되었다. 59초 없이 바로 건너뛴 것이다.

또 한 번 보게 된 놀라운 광경에 준우의 입에선 헉 소리가 절로 나왔다. 준우는 노트북의 메일을 다시 읽었다.

사라지는 1시간은 한꺼번에 10분이 될 수도, 1초씩 사라질 수도 있어. 그러다 보니 이상한 일들이 종종 일어나지만 넌 대부분 대수롭지 않게 넘겼지. 타인에 대한 관심 부족이나 다른 생각에 집중하다 생긴 사소한 해프닝 정도로. 하지만 이 놀라운 사실은 네 인생에 알게 모르게 많은 영향을 미치게 돼. 예를 들면⋯⋯ 너에게 비교적 최근이면서도 가장 인상적인 건 아마도 작년 2학기 기말고사 때겠군.

기말고사……? 준우는 미래의 나라고 주장하는 사람의 의도대로 자연스럽게 그때를 떠올렸다. 도저히 잊을 수 없는 시험이었다. 비단 최근이어서만이 아니다.

2교시 물리 시험 시간이었다. 준우는 평소대로 책상 위에 타이머가 설정된 손목시계를 놓아둔 채 문제를 풀어나가고 있었다. 마지막 문제를 앞두고 준우는 손목시계를 흘끔 보았다. 시험 종료까진 12분이 남아 있었다. 준우는 아직 여유가 있다 생각하고 문제에 집중하기 시작했다. 그런데 이때 청천벽력과도 같은 소리가 준우의 귓가를 자비 없이 때렸다.

"1분 남았다. 답안지 잘 정리하고."

준우는 깜짝 놀라 고개를 들어 다시 손목시계를 확인했다. 시험 종료 1분 18초 전이었다.

'으아! 이게 대체 어떻게 된 일이야?'

준우는 얼른 시험지 밑에 둔 OMR 카드를 찾았다. 그러나 당황한 나머지 엎친 데 덮친 격으로 그것을 그만 바닥에 흘리고 말았다. 준우는 얼른 주워 벌벌 떨리는 손으로 OMR 카드를 작성하기 시작했다. 전두엽의 모든 힘을 끌어모아 미친 집중력과 순발력을 발휘했지만 겨우 아홉 문제를 체크하니 시험 종료종이 울렸다.

"펜 놓고 손 머리로!"

감독 선생님의 추상과도 같은 호령에 아이들은 모두 손을 머리 위로 올렸다. 으레 맨 뒷자리 학생이 일어나 답안지를 회수하기 시작했다. 준우도 어쩔 수 없이 손을 머리 위에 올렸지만 표정은 그야말로 멘탈이 나가버린 모습이었다.

다른 과목들에서 겨우 만회해 그래도 1등은 놓치지 않았지만 그때의 당혹스러움은 몇 번의 악몽으로 재현이 됐을 정도로 준우에겐 잊을 수 없는 시험이었다. 그 일을 미래의 나는 정확하게 알고 있었다.

어찌 된 일인지 OMR 카드를 작성하지 못해 45점이 나왔던 시험이 있었지? 평생을 시계 고장이라 생각해왔는데 사실을 알게 된 지금에 와서 돌이켜보니 한꺼번에 10분이 날아갔던 것 같아.

"시계 고장이 아니었다고……?"

준우는 충격에 자기도 모르게 중얼거렸다. 사건의 진상 때문만이 아니었다. 준우가 45점을 받은 건 당시 학교에서도 큰 화제였다. 하지만 준우는 변명하고 싶지 않아 아무에게도 시계의 '시' 자도 꺼내지 않았다. 그런데 '미래의 나'는 준우의 머릿속까지 알고 있다. 준우는 그 어느 때보다도 강한 호기심으로 메일을 읽어나갔다.

각설하고, 왜 하필 이제 막 고2가 시작된 지 한 달도 채 안 된 그 시점
의 너를 택해 메일을 보냈는지 궁금하지? 나 역시도 궁금한 게 있어
서 그래.

02

62.5초를 사는 아이

체육 시간이었다. 준우네 반 학생들 30여 명이 1,200m 오래달리기 수행평가를 위해 운동장에 나와 있었다. 1,200m면 금강고등학교 운동장을 여섯 바퀴나 달려야 하는, 꽤 시간이 걸리는 평가였다. 그 때문에 한 번에 다섯 명씩 달리고, 달리지 않는 학생들은 스탠드에 앉아 그들을 구경했다.

효빈과 나경이 포함된 여학생 다섯 명이 출발선에 섰다. 스탠드에 앉은 학생들 대부분이 공부 잘하고 세련되고 콧대 높은 나경에게 시선을 집중했지만 준우는 효빈을 유심히 바라봤다. 미래의 자신이 궁금해하는 일이 바로 저 효빈이라는 아이와 관련이 있기 때문이었다.

이름이 기억나지 않아 오래된 졸업 앨범을 들춰봐야 했지만 그 애 얼굴은 분명히 기억나 찾기 어렵진 않았어. 김효빈. 꽤 독특한 아이였는데, 자신은 1분이 62.5초라는 말을 했었어.

체육 선생님의 출발 신호가 떨어지자 다섯 명의 여학생이 일제히 출발했다. 나경이 선두로 치고 나갔고 효빈은 네 번째로 달렸다.

그땐 별난 애가 별난 소리 한다는 정도로 생각했는데, 내가 남들보다 1시간을 덜 살고 있다는 걸 알게 된 후, 불현듯 그 애 말이 떠올랐어.

어느새 효빈이 2등까지 따라오더니 마지막 바퀴에서는 나경을 거의 따라잡기 시작했다. 손에 땀을 쥐고 구경하던 아이들은 효빈이 나경을 앞지르자 와—, 함성을 내지르며 일어났다. 이에 힘을 받은 효빈이 마지막 힘을 쥐어짜 나경을 완전히 따돌렸다. 두 사람의 거리는 점점 더 벌어졌다. 아이들이 환호하며 효빈 이름을 연신 외쳐댔다. 지수와 보영이 당황해 나경 이름을 목이 터져라, 외쳤지만 후끈한 응원 분위기에 묻혀버리고 말았다. 아이들의 이런 열기에도 준우는 자기 생각에 잠겨 그대로 자리에 앉은 채 표정 하나 변하지 않고 냉철히 효빈을 관찰했다.

그 애가 정말로 62.5초를 살고 있다면 그 애의 하루는 25시간이 돼. 그 말이 사실인지 확인해줄래? 어쩌면 그 아이를 통해 네가 잃어버린 1시간을 찾을 해법을 찾게 될지도 모르니.

드디어 효빈이 1등으로 골인하자 아이들이 환호했다. 난생 처음 받아보는 응원에 효빈은 좋으면서도 쑥스러워 머리를 긁적였다. 반면 2등으로 들어온 나경은 어이가 없다는 표정으로 효빈을 노려보았다. 그 광경을 지켜보던 지수와 보영은 고개를 설레설레 저었다.

"쯧쯧……. 눈치가 없네."

"달리 아싸겠어. 안 그래도 침침할 앞날이 아예 깜깜해졌어."

보영다운 악담이었지만 지수도 고개를 끄덕이며 공감했다. 나경의 모습을 보아하니 자존심에 상처를 많이 입은 것 같았다. 왜 안 그러겠는가. 준우 앞에서 존재감도 없는 효빈에게 져버렸는데. 아마도 효빈이 거적때기 깔고 3박 4일을 석고대죄해도 용서하지 않을 것이다. 아니, 그 거적때기로 멍석말이나 안 당하면 다행일 것이다.

보영의 예언은 점심시간에 바로 현실이 되었다. 급식판을 든 효빈이 구석의 2인용 테이블에 자리 잡고 앉는데 옆에 4인용 테이블로 나경 일행이 다가왔다. 두 테이블 사이에 빈 곳은 있었지만 바로 옆 테이블에 누군가 앉는 것이 효빈은 왠지 불편했다.

효빈은 최대한 떨어지기 위해 의자를 벽 쪽에 바짝 붙였다. 나경은 그런 효빈을 빤히 쳐다보더니 4인용 테이블 의자에 털썩 앉았다. 효빈의 옆통수로 나경의 시선이 꽂혔다. 효빈은 불편하고 움츠러드는 기분이었지만 밥이라도 먹는 게 덜 어색할 것 같아 고개를 숙이고 먹기 시작했다. 그런데 이때 뜻밖의 소리가 들려왔다.

"어이, 엄청 빠르던데. 다시 봤어."

효빈은 잘못 들었나 싶어 고개를 들어 나경을 돌아봤다. 나경은 칭찬의 말과 달리 잔뜩 불만인 표정이었다. 지수와 보영도 나경 뒤에 팔짱을 끼고 서서 효빈을 위압적으로 내려다보고 있었다.

"고마워……."

효빈은 기어들어 가는 목소리로 답했다.

멀지 않은 곳에선 이제 막 배식을 받은 준우가 급식판을 든 채 눈으로 효빈을 찾고 있었다. 이내 효빈을 발견한 준우는 그대로 멈춰 서서 효빈에게 시선을 고정했다. 효빈은 나경 무리에 둘러싸여 있었다. 거리가 있어 주고받는 얘기가 명확히 들리진 않았지만 그리 좋은 분위기는 아닌 것 같았다.

"3분 줄 테니 우리 셋 급식 타 와."

"에? 말도 안 돼."

"나보다 빠르잖아."

나경의 시비에 효빈은 어쩔 줄 몰라 했다. 이미 지나간 승부를 되돌릴 수도 없고 난감한 일이었다. 효빈을 지켜보고 있던 준우는 나경 일행이 쉽게 자리를 뜰 것 같진 않다고 판단했다. 할 수 없이 준우는 다음을 기약했다. 여럿이 같이 있으니 지금은 그냥 지나치자 싶었다.

그렇게 돌아서는데 순간 준우의 귀에 효빈의 다음 말이 꽂혔다.

"에이, 아냐, 사실은 네가 이겼어. 난 1분이 62.5초거든."

준우가 놀란 눈으로 효빈을 돌아봤다.

"뭔 개소리야."

"사실은 너보다 10초 정도 느렸던 거라고."

효빈은 위기일수록 솔직해야 한다는 생각으로 나경에게 비밀을 털어놓았다. 그러나 그것은 나경의 화를 더 돋운 듯 싶었다.

"장난해?"

나경은 효빈이 먹던 급식판을 두 손으로 번쩍 들었다. 효빈이 당황해 급식판을 올려다보자 나경은 싸늘한 표정으로 입을 열었다.

"3분 이내에 3개 안 가져오면 밥에 침 뱉는다."

"너무해……."

효빈의 얼굴이 울상이 되었다. 이때 천상의 목소리가 들렸다.

"여기 앉아도 돼?"

준우였다. 어느새 다가온 준우가 효빈 맞은편 자리에 서서 효빈에게 묻고 있었다. 갑작스러운 준우의 등장에 모두가 놀라고 나경도 크게 당황하는데 준우는 미소까지 띠며 다시 물었다.

"앉아도 되냐고."

효빈이 얼떨떨해 미처 대답도 못 하는 사이 나경이 들고 있던 급식판을 효빈 앞에 얼른 다시 내려놓았다. 그리고는 재빨리 준우가 앉으려는 자리의 의자를 빼 먼지를 턴 후 말했다.

"당연하지! 넌 나타나기만 해도 선행이야."

나경의 호들갑에 준우는 훗ㅡ, 웃음을 터트렸다. 준우는 나경과 그 친구들에게 다정히 물었다.

"너흰 왜 점심 안 먹어? 맛있는 거 다 없어진다."

"정말 여기서 먹게?"

나경이 믿기지 않는다는 듯 재차 확인했다.

"응."

준우의 대답이 떨어지기 무섭게 나경은 옆자리 4인용 테이블 위에 재빨리 휴대폰을 올렸다.

"이 테이블 우리가 찜했다. 지켜줘!"

"어."

나경과 지수, 보영은 부리나케 급식을 타러 달려갔다. 그러자 준우가 효빈에게 다시 물었다.

"앉아도 괜찮지?"

테이블을 먼저 맡은 효빈이 아직 답하지 않았기 때문이다. 효빈은 감동한 얼굴로 끄덕였다. 준우는 그제야 자리에 앉았다. 그러고는 바로 먹기 시작하는데 효빈이 조심스레 말을 건넸다.

"……고마워."

"뭐, 별로. 구해주려 한 건 아니니까."

"아니……, 말 걸어줘 고맙다고."

"응?"

"너 같은 인싸가 말 걸어준 거, 처음이야."

순간 준우는 무안해졌다. 나름 쿨하게 답한 건데 졸지에 구해준 생색을 낸 것처럼 돼버렸기 때문이다. 그런 마음을 알리 없는 효빈은 부끄러운 듯 고개를 살짝 숙인 채 밥을 먹었다. 그런 효빈을 준우는 잠시 빤히 쳐다보다 결심한 듯 이야기를 꺼냈다.

"……너 말이야."

효빈이 고개를 들었다.

"좀 더 밝은 옷을 입으면 좋을 것 같아."

효빈은 무슨 말이냐는 듯 고개를 갸웃했다. 준우의 설명이 이어졌다.

"아우터나 후드집업 같은 거. 조용한 데다 어두운색 옷만 입으니 인기척 지움 모드가 돼서 말 걸고 싶어도 눈에 띄지 않는다고."

"……."

어렵게 꺼낸 말이었는데 효빈은 굳은 듯 아무 반응을 보이지 않았다. 준우는 살짝 후회했다. 너무 직설적으로 얘기했나 싶었다. 아무리 도움 되는 충고라 해도 첫 만남이나 다름없는 자리에서 다짜고짜 불쑥 꺼냈으니 말이다. 이내 효빈이 눈물을 글썽이더니 훌쩍이며 울기 시작했다. 난감한 일이 아닐 수 없었다.

"아니 뭐, 지적질을 하거나 탓하는 건 아니고……."

당황한 준우가 최대한 수습하려 하는데 효빈의 입에선 뜻밖의 말이 흘러나왔다.

"기뻐……."

"응?"

"날 봐주고 있었다니……."

'헐…….'

연이은 예측 실패에 준우는 살짝 긴장했다. 이 애, 보기보다 쉽게 읽히는 머리가 아닌 것 같다. 일단은 상처받아 운 게 아니라니 다행이지만 이렇게 제멋대로 해석하는 스타일이라면 접근하기 어려울 수도 있겠다 싶었다. 효빈은 부끄러운 듯 배시시 웃으며 눈물을 닦았다.

"아무도 나 같은 거 신경 안 쓸 줄 알았는데……."

그런 모습에 준우는 왠지 마음이 짠해졌다.

이에 준우는 작정하고 조언을 계속했다. 이 애에게 시간을 돌려받기 전에 내가 먼저 이 애가 친구를 사귈 수 있게 도움을 주자 싶었다.

"아까 달리기할 때 너 응원하는 애들 많았어. 그러니까 달리기할 때처럼 존재감을 확실히 드러내라고. 안경도 그런 뿔테 쓰지 말고, 머리도 앞머리 그렇게 덥수룩하게 내리지 말고."

이때 나경과 지수, 보영이 허겁지겁 돌아와 찜해 놨던 4인용 테이블 위에 식판들을 내려놓았다. 그러고는 그대로 테이블을 번쩍 들어 준우와 효빈이 앉은 2인용 테이블에 딱 붙였다.

'헉……'

그 민첩함과 대담함에 효빈은 놀랐고 준우는 못 말린다는 듯 웃었다.

"친군데 같이 먹어야지."

나경은 준우 옆에 바짝 의자를 붙여 앉았다.

"어, 먹자."

준우가 웃으며 상황을 정리했다. 이에 다들 먹으려 하는데 효빈이 이내 수저를 놓았다. 그러자 모두의 시선이 효빈에게 로 쏠렸다.

"왜?"

준우가 의아해 물었다.

"이렇게 여럿이 먹는 거 오랜만이라 좀 떨려서."

"컥……!"

나경은 얼른 입부터 가렸다. 효빈의 어이없는 말에 하마터 면 입에 물고 있던 밥알이 튀어나올 뻔했다.

"이 시간이 추억이 될 것 같아 솔직히 겁나……."

효빈의 눈에서 눈물이 뚝 떨어졌다. 준우를 비롯해 모두가 당황했다. 나경도 애 뭐지, 싶어 아무 말도 할 수 없었다.

◆ ◆ ◆

그날 밤 준우는 노트북 앞에 앉아 미래의 자신에게서 왔던 메일을 다시금 읽어보았다. 메일의 마지막은 이렇게 끝났다.

답장하고 싶으면 여기를 클릭해.

준우는 클릭하고 답장을 써나가기 시작했다.

나도 뭐라 호칭해야 할지 모르겠지만 이제 당신에 대해 조금의 의심도 품고 있지 않아요. 김효빈이 1분이 62.5초라고 얘기하는 걸 오늘 직접 들었어요. 그런데 그 말이 진실일지는 의문입니다. 조금, 뭐랄까……

준우는 답장 쓰던 것을 잠시 멈추고 효빈을 떠올려보았다. 평소 준우는 영혼이 맑다는 표현을 좋아하지 않았다. 어린아이처럼 사고가 단순하다는 평가 같았기 때문이다. 효빈은 절대로 단순한 애가 아니었다. 그런데 그런 효빈에게서 영혼이 맑은 것 같은 느낌이 났다.

당신 말처럼 특이한 아이였어요. 당신의 요구대로 확인해보겠습니다. 나도 사실을 안 이상 23시간으로 일생을 보내고 싶진 않으니까요. 절대로! 수능 당일 또 시간이 건너 뛸 수도 있다고 생각하면 등골까지 오싹해집니다.

그 시각, 효빈 역시 거울 앞에서 준우를 떠올리고 있었다. 준우 말대로 앞머리를 들춰보니 얼굴이 좀 환해 보이는 것 같았다. 안경도 벗어볼까 싶었다. 아빠와의 추억이 있는 안경이긴 했지만 효빈은 조심스레 안경에 손을 올렸다. 그러나 이내 우울해져 안경에서 손을 떼었다. 변신하고 예뻐진들 내 인생이 뭐가 달라질까 싶었다.

준우도 같은 생각이었다. '미래의 나'의 현재가 자신의 정해진 미래라고 생각했다. 준우는 다시 답장을 써 내려갔다.

그런데 어떻게 미래의 당신이 나에게 메일을 보낼 수 있는 건가요? 나는 꿈꾸던 대로 과학자가 되었나요? 그곳은 몇 년도인가요? 1시간을 적게 살았다는 걸 어떻게 발견하게 됐는지도 궁금합니다. 그리고 효빈이가 정말로 1시간씩 더 살고 있고, 혹시라도 만약 제 시간을 빼앗아간 거라면 어떻게 돌려받을 수 있나요?

03

아싸 탈출 작전

급식실 안으로 나경과 친구들이 급하게 뛰어들어 왔다. 그러고는 누가 먼저랄 것도 없이 매의 눈으로 효빈을 찾았다.

"걘 급식실은 제일 먼저 내려오더라. 발이 빨라선가?"

보영이가 급식실을 눈으로 훑으며 생각 없이 내뱉은 '발이 빠르다'라는 표현이 달리기에서 졌던 나경의 심기를 불편하게 했다.

"쓸데없는 소리. 구석 자리 맡으려고 그러겠지. 구석구석 볼 거 없이 구석만 봐."

이때 지수가 맨 끝, 맨 구석 자리를 가리키며 소리쳤다.

"저깄다!"

지수의 손가락이 가리키는 쪽으로 시선을 옮기던 나경은 경악했다. 보영도 놀라 눈이 동그래졌다. 효빈이 구석진 2인용 테이블에서 준우와 마주 앉아 점심을 먹고 있었다. 게다가 그 옆에는 준우와 친한 현승, 재윤, 민환이 어제 나경이 했던 것처럼 4인용 테이블을 붙여 앉아 함께 식사하고 있었다. 5명이 아주 친해 보였다. 늘 혼자이던 효빈이 무려 4명의 인싸남들과 어울리고 있다는 게 나경과 친구들은 믿어지지 않았다. 급식실에서 유령을 봤어도 이렇게까지 놀랍진 않을 것 같았다.

"또 같이 먹네."

"대체 무슨 사이지? 달리기 잘하는 여잘 좋아하나?"

보영의 마지막 말이 나경의 신경을 또 건드렸다. 물론 그럴 가능성은 충분했다. 선악, 미추를 떠나 끌리는 인간이 있는 것처럼 남 보기엔 보잘것없어도 준우 눈에는 비할 데 없이 매력적으로 보일 수도 있는 법이다. 그러나 그걸 용납할 나경이 아니었다. 나경은 속으로 이를 갈았다.

'이 몸도 준우와 단둘이 마주 앉아 있어 본 적이 단 한 번도 없는데, 네가 감히 연이를 준우와 마주 앉아 밥을 먹어?'

이제 효빈의 운명이 어떻게 될지는 불을 보듯 뻔했다.

나경의 질투와 다르게 효빈은 준우와 함께하는 점심시간이 그리 기쁘진 않았다. 남들 보기에는 화기애애하게 보이지만 효빈은 여럿이 같이 먹는 게 영 부담스럽고 어색했다.

이때 불현듯 나경 무리가 테이블을 들고 와 현승, 재윤, 민환이 앉아 있는 테이블을 밀어내고 그 사이로 들고 온 테이블을 끼워 넣었다. 모두가 황당해했지만 너무 순식간에 일어난 일이라 말릴 틈도 없었다.

"뭐야, 왜 끼어들어?"

"끼어든 건 너희야! 우리 다섯이 같이 점심 먹는 멤버라고!"

현승의 항의에 나경이 지지 않고 받아쳤다. 그 기세에 현승과 재윤, 민환은 테이블과 함께 옆으로 밀려날 수밖에 없었다. 덕분에 어리둥절해진 건 준우와 효빈이었다.

"멤버였어?"

준우가 효빈에게 묻자 효빈은 모른다는 듯 어깨를 으쓱해 보였다.

기어이 테이블을 끼워 넣은 나경은 그 위에 또 휴대폰을 올려놓고는 준우에게 말했다.

"급식 받아올 테니 이 자리 잘 지켜!"

"어……."

준우가 대답하자마자 나경과 친구들은 급식을 받으러 사라졌다. 그제야 효빈은 휴—, 한숨을 돌렸다. 어쨌든 덕분에 준우와 둘만 남게 되니 조금은 편해졌다. 그 마음을 읽었는지 준우가 고개를 숙여 작은 소리로 말했다.

"아직 어색한가 보구나."

"……."

잠시 망설이던 효빈은 대답 대신 작게 고개를 끄덕였다.

"자꾸 어울리다 보면 괜찮아질 거야. 이런 과도기가 또 추억이고."

준우가 다정한 미소로 격려했다.

"그렇긴 하지만…… 추억이 많으면…… 과거에 얽매이게 돼."

"그건 또 무슨 소리야?"

준우 얼굴의 미소가 일순 물음표로 바뀌었다. 순간 효빈은 내가 너무 진지해졌구나 싶어 아무것도 아니라는 듯 씩 웃으며 둘러댔다.

"추억이 있는 아싸는 아싸가 아니야. 추억이 없어야 아싸지."

"훗—, 그래도 그런 걸 자꾸 쌓아가야 대화할 때 공감력도 높아지고 화젯거리도 많아져 아싸 탈출하는 거야."

효빈이 어색히 웃는데 때마침 나경과 지수, 보영이 급식판을 들고 후다닥 와 앉았다. 이에 준우는 좋은 생각이 났다는 듯 모두에게 물었다.

"그래, 이번 토요일에 같이 영화 보자. 어때?"

"당근 콜이지!"

나경이 1번으로 답했다.

"아……, 난 좀…….."

"빠지면 안 돼. 너 때문에 가는데."

준우가 피하려는 효빈에게 쐐기를 박았다. 나경도 효빈에게 얼른 대답하라고 살벌한 눈짓을 해댔다.

"……응."

효빈은 나경의 눈치에 어쩔 수 없이 답했다. 속 모르는 준우가 기다렸다는 듯이 한 걸음 더 나아갔다.

"좋아, 우리 멤버 된 김에 효빈이 추억 좀 많이 만들어주자."

순풍에 돛 달고 물 들어올 때 노 젓는 법이었다.

"찬성!"

"찬성!"

"찬성!"

효빈은 당혹스러웠지만 결과는 만장일치였다.

그날 밤 준우는 독서실에서 돌아오자마자 노트북으로 메일을 확인했다. 준우는 [답장 잘 봤다.]라는 제목의 메일을 클릭했다.

내 말을 믿고 확인해주겠다 하니 고맙다. 하지만 질문엔 답해줄 수 없어. 미래를 알려주는 건 규율 위반이니까.

실망스럽지만 이해할 수 있는 일이었다.

그리고 만약 김효빈이 네 시간을 뺏어간 거라 해도 돌려받을 방법은 아직 나도 몰라. 그 애가 정말로 62.5초를 살고 있는지부터 속히 알아내길 바란다.

준우는 고개를 끄덕이며 결의를 다졌다. 효빈과 친해지면 자연스럽게 알아낼 기회가 생길 테고, 토요일 영화 관람이 바로 그 시작이라고 생각했다.

하지만 세상일은 짜놓은 시나리오대로만 흘러가는 것이 아니었다. 영화만 하더라도 온갖 준비를 다 하고 찍어도 NG가 나는 법. 토요일, 효빈은 끝끝내 영화관에 나타나지 않았다. 영화 시작 10분 전에 준우의 휴대폰으로 온 카톡이 전부였다.

─미안. 강아지 목욕시켜야 해서 못 나가.

영화를 보는 내내 준우는 심각한 표정이었다. 상영관에서 나오면서도 나경과 지수, 보영은 영화 얘기로 열을 올렸지만 준우는 입을 꾹 다물고 있었다. 장벽 높고 예측하기 힘든 효빈과 어떻게 해야 가까워질 수 있나 그 고민만 머리에 가득했기 때문이다.

"이 영화, 정말 재밌다."

"효빈이 걘 이런 영활 놓치네."

"10분 전에 못 온다 하고, 걘 아싸라기보단 사회성 부족 아냐?"

효빈이 화제에 오르자 준우는 그제야 자기 생각에서 빠져나와 세 사람의 이야기에 귀를 기울였다.

"얼음 열차, 정말 멋있었지?"

"얼음 열차?"

나경의 물음에 준우는 의아해졌다. 그런 열차가 있었나 싶은데 지수와 보영이 나경의 말에 적극 동조했다.

"와─, 환상."

"설마 그렇게 탈출할 줄이야."

"얼음 열차로 탈출했어?"

"졸았어?"

나경이 뜬금없다는 듯 물었다. 그제야 준우는 시간이 또 건너뛰었다는 걸 깨달았다. 뭔가 스토리가 매끄럽지 않다는 느낌은 있었지만 효빈 때문에 집중하지 못해 놓친 부분이 있어서일 거라고 단순하게 생각했다. 하지만 아무리 머리에 고민이 가득했어도 눈은 스크린을 쳐다보고 있는 상황에서 얼음열차 같은 엄청난 비주얼이 기억나지 않을 리 없었다.

"어, 잠시 딴생각했나 봐."

준우는 대수롭지 않게 대답했지만 내심은 사태의 심각성을 느끼고 있었다.

"어떻게 그 장면이 눈에 안 들어와? 역시 전교 1등은 딴생각에도 집중력 짱이네."

마음이 다급해진 준우는 보영의 농담에 대꾸해줄 여유도 없었다.

"먼저 갈게. 학원 가야 해."

"영화 얘기 더 안 하고?"

나경의 목소리에 서운함이 가득했다.

"미안. 월요일에 봐."

준우는 서둘러 자리를 떴다. 나경이 아쉬움에 멀어지는 준우의 뒷모습에서 시선을 못 떼고 있는데 보영과 지수가 뼈를 때렸다.

"효빈이가 안 와서 그냥 가나 보네. 기분도 별로 안 좋아 보이더라."

"설마, 정말 효빈이 좋아하나?"

이 말에 나경은 저도 모르게 주먹을 꽉 쥐었다. 성질 같아선 주먹도 부족하고 높이 뛰어 이단옆차기로 눈치 없는 두 친구를 후련하게 날려버리고 싶었지만 그렇게 하면 그 말을 인정하는 게 되기에 자존심이 허락지 않았다. 나경은 최대한 냉철하고 낮은 어조로 말했다.

"늬들 바보야? 동정심 많아 아싸 하나 탈출시켜주려는 것뿐이야."

과연 효빈은 자타공인 아싸답게 놀기도 아까운 토요일 오후를 뭉이와 냥이를 목욕시키는 데 쓰고 있었다. 효빈은 뭉이부터 씻긴 후 수건으로 물기를 정성스레 닦아주고 드라이기까지 켰다. 본인 머리는 감은 후 말리기 귀찮아 그냥 자곤 하는 효빈이었지만 뭉이와 냥이는 꼭 이렇게 드라이까지 꼼꼼히 해주었다. 둘에 대한 애정 때문에도 그랬지만 한편으로는 이렇게 쓸데없는 일에 집중해야 딴생각도 안 나고 시간도 잘 가서였다.

그런데 오늘은 집중이 덜 됐는지 문득 자기도 모르게 중얼 거렸다.

"영화 재밌었으려나……?"

그때였다. 소파 위에 놓아둔 휴대폰이 그 질문에 답해주려 온몸으로 울었다. 하지만 안타깝게도 드라이기 소음 때문에 효빈은 휴대폰 진동을 인지하지 못했다.

효빈이 전화를 받지 않자 준우는 할 수 없이 버스 정류장으로 발길을 옮겼다. 학원으로 가는 버스를 기다리며 준우는 문득 그런 생각이 들었다. 효빈을 직접 겪어보니 그 애에게 맞춰주며 친해지려면 한세월은 보내야 할 것 같았다. 그렇게 친해진 후 자연스럽게 물어볼 기회를 만들어야 하는 것까지 생각하면 그건 또 어느 세월에 가능할지 막막했다. 미래의 나는 시간이 건너뛰는 일이 알게 모르게 인생에 많은 영향을 끼친다고 했다. 더구나 미래를 알려주는 건 규율 위반이라면서도 굳이 내게 메일을 보낸 걸 보면 미래의 나는 사라지는 매일의 1시간 때문에 매우 큰 어려움을 겪었거나 겪고 있는 게 분명했다. 그런 그를 하염없이 기다리게 할 순 없었다. 준우는 바로 카톡을 열어 메시지를 작성했다.

－1분이 62.5초라는 거 진짜임?

작전을 바꾼 것이다. 직진하기로 결심한 준우가 망설임 없이 메시지를 전송하자 때맞춰 학원행 버스가 왔다.

효빈이 드라이기를 끄고 뭉이의 털을 빗겨주려 하는데 휴대폰이 짧게 진동했다. 확인해보니 준우에게 온 카톡이었다.

버스 뒷자리에 몸을 기댄 준우는 다시 카톡을 열었다. 전화를 받지 않았던 효빈이라 카톡 확인까지도 시간이 걸릴 줄 알았는데 의외로 이미 카톡을 확인했다고 표시되어 있었다. 곧이어 효빈으로부터 캡처한 화면이 전송됐다. 휴대폰 현재 시각 화면인데 시간이 3시 35분 62초였다. '62'라는 숫자에 준우는 순간 당황했다. 이 화면이 조작된 게 아니라면 효빈은 62.5초를 사는 아이가 맞다.

준우는 당장에 전화를 걸었다. 이번에는 효빈이 바로 받았다.

"어……."

"지금 만날 수 있을까?"

"고양이 목욕시키던 중인데……."

"잠깐이면 돼. 잠깐도 안 돼?"

"……학교에서 보면 안 될까……?"

준우는 휴대폰 너머 목소리로 효빈이 매우 곤란해하고 있다는 걸 느꼈다. 하지만 62초라는 숫자를 눈으로 직접 보고 나니 미래의 내가 걱정돼서라기보단 지금의 내가 궁금해 참을 수가 없었다. 이미 준우의 발걸음은 하차하기 위해 버스 뒷문으로 향하고 있었다.

04

친구

택시를 타고 효빈네 동네 어귀에서 내린 준우는 빠른 걸음으로 두리번거리며 걸었다. 얼핏 봐도 서울답지 않게 예쁜 단독주택들이 많은 동네였다. 아파트 단지인 자신의 집에서 멀지 않은 곳에 이런 아름다운 주택가가 있었다는 걸 준우는 오늘 처음 알았다. 얼마 지나지 않아 어느 집 대문 앞에 서 있는 효빈이 보였다. 준우는 한걸음에 달려갔다. 효빈은 이런 상황이 당혹스러웠다. 효빈의 표정에서 이를 읽은 준우는 일단 사과부터 했다.

"미안."

"아냐, 내가 미안하지. 약속해놓고 안 나가고."

"아니야, 부담스럽게 만든 내가 사려 깊지 못했어. 지금도 그렇지만."

"확인하고 싶다는 게 뭐야?"

"그게……,"

이때 준우의 말을 끊는 목소리가 들려왔다.

"효빈아!"

준우는 뒤를 돌아보았다. 효빈도 준우 너머로 고개를 내밀었다. 저만치서 세련된 정장 차림의 30대 여성이 장 본 것을 양손에 나누어 들고 활짝 웃는 얼굴로 다가오고 있었다.

"이모……."

이모? 준우는 효빈 이모가 가까이 다가오자 공손히 고개 숙여 인사했다.

"안녕하세요."

"어—."

효빈 이모는 유쾌한 얼굴로 준우의 인사를 받아줬다. 그러고는 신기하다는 눈으로 효빈에게 물었다.

"누구야? 친구?"

효빈이 뭐라 해야 할지 몰라 당황해하는데 준우가 대신 대답했다.

"네, 친구예요."

"어머! 너한테 친구가! 게다가 이렇게 멋진?"

이모는 대문 안으로 준우의 등을 떠밀었다.

"들어가자. 저녁 먹고 가."

"이모!"

"괜찮아. 나랑 같이 먹을 건데 어때."

이모는 단칼에 효빈을 제압하곤 준우에게 다시 상냥한 목소리로 물었다.

"라볶이 좋아해?"

"네."

준우가 흔쾌히 답하자 이모는 당혹스러워하는 효빈을 내버려 둔 채 준우만 데리고 대문 안으로 들어갔다.

마당에 들어선 준우의 눈이 휘둥그레졌다. 마당 한편에 자리 잡은 자그마한 통나무 오두막집을 비롯해 집 전체가 무척 아기자기하고 예뻤다. 동화 속 나무 위의 집처럼 좁은 계단으로 오르내리게 되어 있는 통나무 오두막집을 보고 있자면 서울이 아닌 어느 한적한 시골이나 외국의 전원주택인 것 같은 착각마저 들었다. 준우가 이모의 안내로 집 안으로 들어가자 효빈도 안절부절못하는 얼굴로 따라 들어왔다.

이모는 바로 주방으로 향했지만 준우는 일단 현관에 멈춰 서서 주위를 둘러보았다. 강아지와 고양이가 맞아줄 거로 예상했기 때문이다. 너무 조용한 분위기에 갸웃하던 준우는 이어 효빈이 들어오자 의아한 얼굴로 물었다.

"강아지랑 고양이는?"

"……."

잠시 망설이던 효빈이 마지못해 손가락으로 뭔가를 가리켰다. 준우의 시선이 그 손가락 끝을 따라가 보니 실물 크기의 강아지 인형과 고양이 인형이 베란다에서 햇볕을 쬐고 있었다. 준우는 설마 싶은 마음으로 다시 물었다.

"오늘 목욕시킨다던 강아지하고 고양이가?"

효빈이 대답 대신 고개를 끄덕였다.

'헐…….'

거실엔 작품 수준의 종이접기 결과물들이 엄청 많았다. 난이도로 보아 어린아이 솜씨는 아닌 것 같았다.

"이거 전부 네가 접은 거야?"

효빈은 다시 고개를 끄덕였다. 준우는 내심 감탄했다. 비단 잉여력 때문만이 아니었다. 단순히 공부 안 하고 종이만 접는다고 될 만한 수준이 아닌, 접은 이의 집중력과 창의력, 손끝 야무짐이 고스란히 집약된 작품들이었다. 특히나 피아노 옆 키 작은 사이드 장식장에 진열해놓은 완성품들은 뇌에 기름칠이라도 하고 만들었나 싶을 정도의 걸작들이 많았다. 역시나 효빈인 단순한 아이가 아니라는 걸 새삼 느끼던 중, 효빈의 이모 목소리가 들려왔다.

"아마 네가 이 집에 들어온 첫 번째 친구일걸."

준우는 소리가 나는 주방 쪽을 바라봤다. 이모는 식탁 앞에 서서 장 봐 온 것들을 하나하나 꺼내고 있었다.

"쟤 친구 없거든."

"있거든!"

효빈이 얼굴이 빨개져 발끈했다. 그러자 이모가 재미있다는 듯 계속 약을 올렸다.

"누구? 게임 속에? 인터넷에?"

말문이 막힌 효빈은 잠시 침묵하더니 이내 고개를 끄덕였다. 이에 이모는 웃음을 터트리며 못 말린다는 듯 준우에게 이야기했다.

"쟤가 저래. 등산이라도 가자고 하면 게임으로도 등산할 수 있다고 하고."

누구 편을 들어야 할지 몰라 어색히 웃기만 하던 준우는 거실 곳곳에 달려 있는 빨간 버튼들을 발견하곤 의아해 물었다.

"이 버튼들은 뭐예요?"

"눌러봐."

"이모!"

효빈이 안 된다는 듯 놀란 반응을 보였다. 그러나 이모는 빙그레 웃으며 효빈을 안심시켰다.

"괜찮아. 쟤 너한테 절대 해 끼칠 애 아니야."

이모의 그 말에 효빈도 왠지 수그러들었다. 준우는 호기심에 가장 가까이에 있는 버튼을 눌러보았다. 그러자 이모의 가방 안에서 휴대폰 벨 소리가 났다. 이모는 울리는 휴대폰을 꺼내 들어 보였다.

"비상 연락용이야. 효빈이가 혼자 사니까 긴급 상황에 대비해 여기저기 있는 거고."

"와……, 완전 신기."

"효빈이 아빠가 만드셨어. 굉장한 천재셨거든. 일찍 가서 그렇지만."

일찍……? 그제야 준우의 눈에 장식장 위에 종이접기 완성품들과 함께 놓인 효빈네 가족사진이 들어왔다. 아기자기한 소형 액자에 담긴 사진들은 시간순으로 배열된 듯했다. 효빈이 어렸을 때는 엄마 아빠와 같이, 초등학생 그리고 중학생 때는 아빠와 같이, 그리고 그 이후의 사진은 없었다. 준우는 효빈의 가족사를 짐작할 수 있었다. 부모님이 모두 일찍 돌아가셨구나…….

준우의 마음이 짠해지는데 이모의 목소리가 다시 들려왔다.

"저녁 준비할 동안 친구 마실 거라도 줘."

준우가 돌아보니 효빈의 이모는 주방에서 프라이팬을 꺼내고 있었다. 라볶이를 만들 준비를 하는 것 같았다. 효빈은 그제야 깨달은 듯 준우에게 소파를 권했다.

"아……, 여기 앉아. 마실 거 가져올게."

효빈은 곧바로 주방으로 향했다. 준우는 소파 근처 바닥에 펼쳐진 종이접기 책들에 시선이 갔다. 수준급인 종이접기 작품들이 여기서 나왔구나 싶어 한 권 집어 들고 소파에 앉는데 효빈이 물었다.

"딸기우유 먹을래?"

주방을 쳐다보니 효빈 모습은 보이지 않았다. 효빈은 주방 안쪽에 자리한 냉장고 앞에 서 있었다.

"콜라 없어?"

효빈은 준우의 물음에 곤란한 표정을 지었다. 냉장고 안엔 딸기우유 외엔 딱히 대접할 만한 음료가 없었다. 콜라도 있기는 했지만 말이다.

"치킨 시켜 먹고 남은 콜라가 있긴 한데, 김이 빠져서……."

"얼음 있니?"

"응."

"그럼 콜라 줘. 얼음만 넣어주면 괜찮아."

준우는 개의치 않는다는 듯 말하고 종이접기 책을 한 장, 한 장 넘겨보았다.

"근데 얼음을 씻어야 해서……."

준우는 고개를 들었다. 잘못 들었나 싶었다.

"얼음을 왜 씻어?"

"콜라에 넣었다 다시 냉동시킨 거라. 재활용이랄까."

"윽……! 얼음을 왜 재활용해."

"아까워서. 어차피 내가 또 쓸 거니까."

효빈은 냉동실 안을 살피며 곤란한 표정으로 변명 아닌 변명을 했다. 냉동실 안엔 새로 얼린 얼음은 없고 재활용하려 접시 위에 띄엄띄엄 올려놓은 얼음 몇 개가 전부였다. 자세히 보니 얼음엔 콜라 얼룩이 그대로 묻어 있었다. 그러자 이모가 다가와 효빈의 등을 탁 치며 한소리 했다.

"얼른 가서 콜라 사와. 얼음도."

준우는 괜찮다고 했지만 이모는 라볶이 먹을 때도 마실 게 있어야 할 거 아니냐며 기어이 효빈을 등 떠밀어 편의점으로 보냈다. 준우가 미안해하자 이모는 쌩긋 웃으며 말했다.

"그럼 네가 효빈이 대신 도와줄래?"

준우는 식탁에 앉아 라볶이에 넣을 떡볶이 떡을 하나하나

떼었다. 조리대에서 대파를 썰던 이모는 그런 준우를 귀엽다는 듯 흘끔 보더니 이번에는 어묵을 준비했다. 이모는 어묵을 사각 모양으로 썰며 준우에게 슬쩍 물었다.

"효빈이, 학교생활은 잘하고 있니?"

"네, 그럭저럭."

"넌 어떻게 친구가 됐어?"

순간 준우는 뭐라 답해야 할지 당혹스러웠다.

"그게…… 보통은 효빈이를 포함해서 다섯이 잘 어울리는데, 오늘은 개인적으로 물어볼 게 있어서……."

준우는 말끝을 흐리며 얼버무렸다. 그러나 이모는 그 모습에 되레 눈을 반짝이며 물었다.

"개인적으로 뭐? 혹시 너 좋아하냐고?"

혁―. 준우는 하마터면 떼고 있던 떡볶이 떡을 놓칠 뻔했다. 효빈은 답답할 만큼 소극적인데 효빈의 이모는 당황스러울 만큼 적극적이었다.

"그, 그런 거 아니고요."

준우가 강력히 부인하자 이모는 조금 실망한 얼굴로 다시 물었다.

"그럼 뭐? 물어보면 실롄까?"

준우는 잠시 망설였지만 엉뚱하고 예측불허인 효빈이보다

는 어른인 효빈 이모에게 물어보는 게 진실을 알아내는 데 더 도움이 될지도 모른다는 생각이 들었다.

"혹시 효빈이가 자긴 1분이 62.5초라고 하는 얘기 들어보셨어요?"

"어머, 너 그걸 믿어?"

이모는 풋―, 웃음을 터트리더니 이내 깔깔깔 소리 내어 웃기 시작했다. 준우는 내심 크게 실망했다. 왜 실망스러운 건진 스스로도 잘 모르겠지만 말이다.

"……역시 장난이었군요."

"아니, 믿는 게 신기해서. 진짜야."

"예?"

준우의 눈이 놀라 커졌다.

"증명해줘?"

효빈 이모는 어묵 썰던 손의 기름기를 닦고는 주머니에서 휴대폰을 꺼냈다. 그러나 이내 다시 집어넣고는 준우의 휴대폰을 빌려달라고 했다. 자신의 휴대폰으로 보여주는 것보다 이 아이 휴대폰으로 보여주는 것이 더 믿기 쉬울 거라고 판단했기 때문이다. 무얼 하려는 건지 궁금했지만 준우는 일단 순순히 휴대폰을 건네줬다. 이모는 준우의 휴대폰을 손에 들고 준우에게 현재 시각을 보여줬다. 1분이 62초까지 간 후 넘어갔다. 효빈이 카톡으로 보내준 화면과 똑같은 일이 벌어진 것이다.

"말도 안 돼⋯⋯."

준우 입에서 자기도 모르게 그런 말이 튀어나왔다. 이모는 빙그레 웃으며 휴대폰을 돌려주었다.

"이번엔 네가 확인해 봐."

준우는 휴대폰을 들고 현재 시각을 다시 확인했다. 59초에서 00초로 평범하게 넘어갔다. 휴대폰에는 이상이 없는 것이다. 헐⋯⋯. 이미 시간이 몇 초, 몇 분씩 건너뛰는 걸 눈으로 직접 확인한 준우였지만 62초라는, 본 적 없는 숫자가 화면에 표시되는 건 또 다른 충격이었다.

"우리 집안사람들은 하루가 25시간이야. 아버지도, 할아버지도, 그리고 우리 자매도. 효빈이까지 이어질진 몰랐는데 효빈이도 그렇더라고."

이모는 그 어떤 의문과 반박 없이 놀라 눈만 깜박이고 있는 준우를 보며 빙그레 미소 지었다.

"효빈이 얘길 믿어주는 걸 보니 역시 내가 관상을 잘못 보진 않았네."

"제 관상이요?"

"응, 우리 집안은 특별한 능력도 있어. 예지력이랄까? 남들은 신기라고도 하더라고."

"신기라면……?"

이모는 준우가 생각하는 게 맞는다는 듯 고개를 끄덕이고 이야기를 계속했다.

"효빈인 그거까지 닮진 않았어. 특히 우리 언니, 효빈이 엄마가 정확했지. 근데 본인 일찍 죽는 건 몰랐던 거 보면 역시 자기 머린 못 깎나 봐."

"……."

가족사진에서 짐작했던 것처럼 효빈 엄마도 일찍 돌아가셨다는 걸 이모 말을 통해 확인한 준우는 효빈에게 미안해졌다. 효빈을 이상하고 특이한 애라고만 생각했던 자신이 부끄러웠다. 아이러니하지만 시간이 건너 뛰어져 다행이라는 생각도 아주 조금이지만 처음으로 들었다. 그렇지 않았다면 남들과 다른 시간 속에서 혼자 꿋꿋이 살아가고 있는 대견하고도 특별한 아이를 모르고 지나쳤을 테니 말이다.

이모가 만든 라볶이는 준우의 기대보다 훨씬 맛있었다. 이모는 남은 국물에 치즈와 김 가루를 넣고 밥까지 볶아줬다. 남김없이 잘 먹는 준우를 흐뭇한 미소로 바라보는 이모 뒤로, 효빈이 은근슬쩍 일어나더니 먹고 난 그릇들을 개수대에 내려놓고 씻기 시작했다. 이모가 뒷정리하는 동안 준우와 단둘이만 있기 부담스러워 설거지를 선점하려 한 것이었다. 그러나 효빈 성격을 잘 아는 이모는 안 하던 설거지를 굳이 친구가 놀러 온 날 하냐며 효빈을 주방 밖으로 쫓아냈다. 이모 못지않게 효빈의 마음을 눈치챈 준우는 거실로 나오며 먼저 대화를 유도했다.

"마당에 있는 통나무집 구경할 수 있어? 사실, 들어올 때부터⋯⋯."

"아니!"

준우의 말이 채 끝나기도 전에 효빈이 동그래진 눈으로 딱 잘라 거절했다. 그 단호함에 준우도 내심 놀랐고 효빈도 당황했다. 결코 의도한 단호함이 아니었다. 이제 어떡해야 하나 당혹스럽던 중에 펜싱과도 같이 우아하지만 훅 들어온 제안에 화들짝 놀랐을 뿐이었다.

"아니, 그러니까⋯⋯, 안 된다는 건 아니고, 해가 지면, 그러니까 아직 밝으니까⋯⋯."

"조금 더 있다 가자는 거지?"

준우가 별일 아니라는 듯 부드럽게 미소 지으며 정리해줬다. 덕분에 당황해 중언부언하던 효빈의 표정이 진정되기 시작했다.

"······응."

"그래? 그럼 기다리지, 뭐."

준우는 소파로 가 앉았다. 뒤이어 효빈도 소파로 와 조금 떨어져 앉았다. 그러고는 이어진 어색함과 긴 침묵. 효빈은 민망해 아까 먹은 라볶이가 다 부대낄 정도였다.

"TV라도 볼까?"

준우의 말에 효빈은 그제야 이거다 싶어 리모컨을 찾았다. 그러나 만국 공통으로 쓰려고 하면 안 보이는 게 리모컨인지라 이 상황에서도 예외는 아니었다. 당황한 효빈은 더욱 초조해졌다.

"피아노 배웠어?"

"어."

리모컨을 찾으려 소파 아래를 훑어보고 있던 효빈은 준우의 질문에 건성으로 답했다.

"어디까지 배웠어?"

"그냥, 좀······."

이때 피아노 건반을 하나하나 천천히 누르는 소리가 들렸다. 도. 미. 솔. 그 소리에 효빈이 고개를 들어보니 어느새 준우가 피아노 앞에 서 있었다. 아마도 피아노의 조율 정도를 체크하는 듯싶었다.

"안 친 지 꽤 됐나 보네."

"……."

효빈은 대답하지 못했다. 고개를 살짝 숙인 채 피아노 건반을 살며시 터치하는 준우의 모습이 마치 순정만화 속 한 장면 같았다. 자신이 섣불리 목소리를 내면 현실로 돌아올까 싶어 조심스러웠다.

"연주해봐도 돼?"

"……어."

효빈이 대답하자 준우는 미소를 보이고는 피아노 앞에 앉았다. 준우는 잠깐 손가락을 풀더니 이어 파헬벨의 〈캐논 변주곡〉을 연주하기 시작했다. 효빈의 가슴이 또 한 번 두근거렸다. 동화 속 백마 탄 왕자님을 실제로 본 적은 없지만 마치 지금 보고 있는 것 같은 느낌이 들었다. 잠깐이라도 놓칠까 봐 눈을 깜박이는 것도 아까웠다. 그런데…… 또 다른 낯선 감각이 효빈의 두 귀를 쫑긋 세우게 했다.

'에……? 이 곡이 이렇게 아름다웠나……?'

다른 사람들과 다르게 1분에 62.5초를 사는 효빈은 사람들의 말이나 행동, 그리고 소리가 아주 조금씩 느리게 느껴졌다. 하지만 불편할 건 없었다. 태어나서부터 쭉 그렇게 들어왔기에 불편함은커녕 이상함도 못 느꼈다. 반면 다른 사람들은 효빈의 말이나 행동을 아주 미세하고 빠르게 느끼지만 효빈 자체가 말이 느리고 행동도 굼떠, 타인에겐 효빈이 평범하게 느껴져 되레 이득이었다.

하지만 음악에서만은 달랐다. 그 어떤 명곡도 효빈에겐 한 번도 제대로 와닿지 않았다. 빠른 곡은 평범하게 들려 전혀 신나지 않았고, 느린 곡은 더 늘어지게 들려 전혀 아름답지 않았다. 조금씩만 더 빠르면 듣기 좋을 것 같은데 음악가들은 왜 이렇게 미묘한 빠르기로 작곡을 할까 하는 의문만 들었다.

하지만 그 의문은 초등학교 입학을 앞두고 엄마로부터 자신만 62.5초를 산다는 비밀을 듣고 비로소 풀렸다. 다른 친구들처럼 음악을 즐기고 싶었던 효빈은 자신이 직접 듣고 싶은 빠르기로 연주를 해 들어야겠다는 생각으로 초등학교 시절 내내 열심히 피아노 학원에 다녔다. 하지만 왜 이렇게 빠르게, 급하게 연주하냐는 피아노 선생님의 계속되는 지적과 짜증에 효빈은 결국 피아노를 그만두었고 음악 자체에 아예 흥미를 잃게 되었다.

그런데 준우가 지금 연주하고 있는 〈캐논 변주곡〉은 효빈이 살아오며 들었던 늘어지는 〈캐논 변주곡〉과는 다른, 효빈이 그리던 바로 그 빠르기의 선율이었다.

'어떻게 된 거지……? 빠르게 치고 있나? 아님 뭘 해도 멋진 애니 연주조차 아름답게 들리나?'

혼란은 오래가지 않았다. 그런 건 이제 아무래도 좋았다. 그저 오랫동안 피아노 조율을 하지 않았던 게 후회될 뿐이었다. 하지만 이내 연주가 흐트러지더니 결국 중간에 끊기고 말았다.

"아……."

효빈은 자기도 모르게 아쉬움을 토해냈다.

"더 듣고 싶은데……."

"미안. 까먹었어. 고등학생이 된 후로는 안 쳤거든."

"잘 친다. 피아니스트 같았어."

"뭘. 손가락 많이 쓰면 머리가 좋아진대서 배운 것뿐이야."

준우는 별 재주 아니라는 듯 말했지만 사실 준우가 겸손한 척할 때가 역설적이지만 가장 자부심이 드러날 때다. 피아노 연주 같은 건 많고 많은 자신의 매력 중 하나일 뿐인 걸 준우 스스로가 더 잘 알고 있었다.

"혹시 이 곡 악보 있어?"

효빈은 대답 대신 고개를 저었다.

"그럼 내가 다음에 악보 가져와서 연주해줄게."

준우는 예의 다정한 미소를 보였다. 그 미소에 효빈이 용기를 내 물었다.

"……이어서 쳐도 될까……?"

"네가?"

효빈은 이번에도 대답 대신 고개를 끄덕였다.

"어, 당연하지."

효빈의 물음이 좀 뜻밖이었지만 준우는 흔쾌히 자리에서 일어났다. 효빈은 조심스레 피아노 앞에 앉았다. 가슴이 두근거렸다. 피아노가 연주하고 싶어지고, 음악이 듣고 싶어진 게 참으로 오랜만이었다. 효빈은 그 감정을 놓치지 않으려는 듯 손을 풀지 않고 곧바로 연주를 시작했다. 〈캐논 변주곡〉이 준우가 멈춘 바로 그 부분부터 정확하게 이어지며 효빈의 손가락이 피아노 건반 위에서 미끄러지듯 유려하게 움직였다. 효빈의 수준급 연주에 준우는 내심 놀랐다. 하지만 정말 크게 놀란건 연주를 끝낸 후 효빈이 한 말이었다.

"다행이다. 피아노 안 친 지 오래돼서 잊었을 줄 알았는데."

"언제 쳤었는데?"

"음……, 5학년 때 그만뒀으니 그때겠지……?"

"정말? 그런데 〈캐논 변주곡〉이 지금까지 기억이 난다고?"

"유명한 곡이라 외웠었거든. 좋아했기도 하고…….."

아무리 좋아하고 외웠어도 이 어려운 곡을 지금껏 완벽하게 기억하고 있다는 게 믿어지지 않았다. 하지만 피아노의 조율 상태를 보면 거짓말은 아닌 것 같았다. 게다가 효빈 이모까지 그 말이 사실임을 방증했다.

"우리 조카 피아노 소리 오랜만에 듣네."

설거지 중이던 효빈 이모가 갑작스러운 피아노 소리에 나와본 것이다.

"실력 여전하네. 한 가지 아쉽긴 하지만."

"뭐가?"

이모는 대답 대신 미소로 준우를 흘끗 보고는 다시 주방으로 들어갔다. 효빈은 그제야 깨달은 듯 아차 싶은 표정을 지었다. 감정에 취해 자신이 듣기 좋은 속도로 연주한 것이다. 아마도 준우에겐 빠르게 들렸으리라.

"미안. 급하게 쳤지? 곡을 다 망쳤네."

"전혀. 너무 완벽해서 놀랐어."

"빠르지 않았어?"

"아니, 빠르게 친 거야?"

"정말 듣기 좋았어?"

"응."

몇 번이고 망설임 없이 답하는 준우의 모습에 효빈은 왠지 안심이 됐다. 준우 성격상 미안해하지 말라는 배려였겠지만 준우의 말이니까 귀에 들리는 대로 믿어보고 싶었다. 그러고 보니 자신이 지금껏 준우를 잘못 본 거 같다는 생각도 들었다. 준우는 멋진 사람이 아니라 따뜻한 사람인 것 같았다.

✦ ✦ ✦

마당에 어둠이 내리자 준우는 효빈을 따라 통나무 오두막집으로 향했다. 오두막집 문을 열자마자 준우는 효빈이 해가 질 때까지 기다리라고 했던 이유를 바로 깨달았다. 그 안에는 커다란 천체 망원경이 설치되어 있었다. 준우는 그 망원경으로 효빈의 도움을 받아 밤하늘의 별들을 관찰했다. 눈앞에 우주가 펼쳐진 기분이었다. 맨눈으로는 별 하나도 보기 힘든데 말이다. 하지만 준우의 가슴을 뛰게 하는 것은 별만이 아니었다. 준우는 물리학자가 꿈인 학생답게 별보다도 그 별을 눈앞에 가져와 준 천체 망원경의 기술과 정교함에 더 감탄했다.

"와……, 이 망원경 대단하다. 이런 망원경은 연구소에나 있는 줄 알았어."

"연구소 거는 더 엄청나지. 우주 망원경은 22광년 거리까지도 볼 수 있대."

"22광년?"

놀라지 않을 수 없었다. 빛이 진공 속에서 22년을 가야 도달하는 거리를 볼 수 있다니 말이다. 그러나 준우는 이내 시치미 뚝 떼고 말했다.

"뭐, 김밥 두 줄에 콜라 500㎖면 갔다 올 거리네."

"뭐?"

품―, 효빈이 웃음을 터트렸다. 그 모습에 준우도 같이 웃었다. 덕분에 분위기가 편안해졌다. 그래서였을까. 효빈은 그동안 아무에게도 하지 않았던 가족 이야기를 꺼냈다.

"아버진 별을 연구하던 분이셨어."

"아……, 어쩐지. 천문학자셨구나."

효빈은 고개를 끄덕이고는 오두막집을 만든 사연에 관해서도 이야기해줬다.

효빈 아빠는 죽은 엄마가 보고 싶다며 매일 밤 우는 효빈이 안쓰러워 이 오두막집을 만들었다. 엄마는 별이 되었다고, 울지 말고 함께 엄마별을 찾아보자며 매일 밤 효빈을 데리고 오두막집에 올라가 별을 봤다. 오늘은 엄마별을 찾을 수 있을까 하는 기대에 효빈인 더 이상 울지 않았다.

엄마가 사는 밤하늘이 좋아졌다. 효빈 아빠는 날씨가 안 좋아 별이 보이지 않는 날에는 오늘은 엄마가 아픈 별을 찾아가

진료하느라 그렇다며 효빈을 위로했다. 그런 날이면 효빈은 기도를 하며 잠이 들었다. 아픈 별이 얼른 나아 내일은 엄마별을 볼 수 있기를, 그리고 하루빨리 밤하늘에도 구급차가 생기기를.

　효빈의 이야기에 코끝이 시큰해졌던 준우는 순간 의문이 생겼다.

　"진료?"

　"엄마가 의사셨거든."

　"정말?"

　"응."

　"헐……. 동양철학 같은 그런 쪽이실 줄 알았어."

　"동양철학?"

　"아까 이모님이 집안 대대로 예지력이 있다는 말씀을 하셔서. 그럼 이모님은?"

　"변호사셔."

　"헐……."

　"이모 말로는 예지력 덕분에 승률이 높대. 이길 재판만 맡는다고."

　3연속 충격이었다. 천문학자에, 의사에, 변호사까지…….

효빈네는 완전 초엘리트 집안이었던 것이다. 너무 의외라 할 말을 찾지 못하는 준우에게 효빈은 갑자기 생각난 듯 물었다.

"아, 물어보고 싶다던 건 뭐야?"

준우는 그제야 자신이 효빈일 만나러 온 목적을 상기했다. 하지만 이미 답은 들었다.

"해결됐어. 이모님한테 얘기 들었어. 집안 대대로 25시간이라고."

"믿어?"

"어, 솔직히 예전의 나였음 안 믿었을 것 같은데……. 어쨌든 부럽다, 정말. 하루가 24시간도 아니고, 25시간이라니."

"나쁜 점도 있어."

"뭐가 나쁜데?"

"하루가 너무 길게 느껴지기도 하고, 자동문이나 왜 센서로 물 나오는 세면대나 손 말리는 기계 같은 거, 손 갖다 대도 늦게 작동되기도 하고, 그러면 마치 내가 존재하지 않는 사람이 된 기분이랄까……. 그리고 제일 아쉬운 건……."

음악을 제대로 즐길 수 없다는 것이라고 말하려던 효빈은 순간 망설여졌다. 피아노 연주가 빠르지 않았냐고 물었던 자신의 모습이 떠올라 왠지 쑥스러워졌다. 그게 바로 이 이유 때문이었다는 걸 굳이 밝히고 싶지 않았다.

"음……, 음……, 뭐가 있을까……."

효빈이 말끝을 흐리며 얼버무리자 호기심 가득해 눈빛을 반짝이던 준우는 맥이 쏙 빠졌다. 더 이상 없다는 뜻으로 해석됐기 때문이다. 나쁜 점이라는 게 고작 그런 거라니……. 효빈이보다 무려 2시간을 덜 사는 준우 입장에서는 부럽기만 한 소리였다. 그러나 지금 중요한 건 그게 아닌지라 준우는 심각한 얼굴로 화제를 돌렸다.

"그런데 말이야, 25시간인 사람이 있다면 23시간인 사람도 있지 않을까?"

"23시간……?"

효빈은 잠시 생각해보더니 다시 입을 열었다.

"그럼 굉장히 바쁘겠네. 나한테 세상이 0.8배속이라면 그 사람은 1.2배속이나 마찬가지잖아."

"그보다 더 심각할 수도 있어. 너처럼 규칙적이지 않고 갑자기 5분, 10분이 훅 가버린다든지."

"어머나, 그게 가능해?"

효빈의 눈이 동그래졌다. 본인부터가 하루가 25시간이라는 믿기지 않는 세계에서 살면서 말이다.

"글쎄, 모두가 움직이고 있을 때 그 사람의 세상은 5분, 10분씩 멈추거나 타임워프 한다고 생각하면 가능하지. 본인도 모르게."

"에—, 그럼 운전 같은 건? 그래서 이모가 나한테 어른 돼서도 운전은 하지 말랬는데."

"당연히 23시간도 하지 말아야지. 근데 너희 집안처럼 유전이 아니니 본인이 그 사실을 모른다면 뭐, 하늘에 맡길 수밖에."

준우는 능청스럽게 어깨를 으쓱해 보였다.

"아……, 무섭다."

"더 큰 문제는 수능같이 알더라도 피할 수 없는 일들이겠지. 시험보다 갑자기 10분씩 날아가 버리면……."

"으힉……."

효빈이 공감하기 딱 좋은 예였다. 대입 수능을 치러야 하는 상황에서, 그건 길 가다 똥 밟는 수준이 아니라 땅에 있던 똥이 갑자기 얼굴로 날아오는 급의 재앙이었다.

효빈이 끔찍해하며 몸서리치는데 밖에서 효빈의 이모 목소리가 들려왔다.

"어이, 청소년들! 9시야! 그만 내려와!"

"에, 벌써?"

준우의 이야기에 푹 빠져 있던 효빈이 아쉬운 듯 시계를 봤다. 준우도 아쉽기는 마찬가지였다. 겨우 9시인데 싶었지만 이모의 재촉은 계속됐다.

"집에 가자고!"

준우와 효빈은 조심스레 통나무 오두막집에서 내려왔다. 이모는 이미 준우 가방까지 들고 기다리고 있었다. 효빈에게 인사만 하고 바로 갈 생각 같았다.

"내가 내일 재판이 있어서 그만 가봐야 해. 늑대 남겨두고 갈 순 없으니 거둬갈게."

효빈이 작게 웃었다. 웃는 효빈의 얼굴에 이모도 기분이 좋아졌다. 오늘처럼 잘 웃는 효빈을 보는 게, 피아노를 연주하는 효빈을 보는 게 얼마 만인지 기억조차 가물가물할 정도였다.

✦ ✦ ✦

그날 밤 준우는 집에 돌아오자마자 미래의 자신에게 답장부터 쓰기 시작했다.

효빈이는 25시간을 사는 아이가 맞아요.

그러나 이내 준우는 손가락을 멈추었다. 무슨 이유에선지 갑자기 조금 전 상황이 떠올랐기 때문이다. 준우는 결국 노트북에서 손을 뗐다. 머릿속이 복잡했다.

효빈 이모는 대문이 잘 잠겼는지를 몇 번이나 확인하고서야 돌아섰다. 그런 효빈 이모를 기다리며 올려다본 효빈의 집은 혼자 지내기엔 너무 크고 쓸쓸해 보였다.

"저 큰 집에 혼자 살아도 안 무섭대요?"

"어려서부터 아빠랑 밤하늘을 봐와서 그런지 밤을 무서워하진 않아. 사람을 무서워하지. 누군가와 가까워지는 걸 극도로 꺼려서 나도 이렇게 일주일에 한 번, 반찬 가져다주는 것만 허락해."

의외였다. 사람을 무서워하다니? 그럼 효빈은 남들과 어울리지 못해 아싸가 된 게 아니라 자발적 아싸라는 건데, 대체 왜일까? 가족이 없으니 오히려 친구나 사람들이 더 그립지 않나? 생각들이 꼬리에 꼬리를 물고 밀려오는데 이모의 다음 말이 모든 의문을 해결해주었다.

"엄마 없이도 구김살 없이 밝은 아이였는데, 아빠 돌아가신 후 변했어. 아무래도 두 번째니까."

준우는 그제야 효빈이 무서워하는 것의 실체를 짐작할 수 있었다. 효빈이 왜 진짜 강아지와 고양이가 아닌 인형 동물들을 돌보고 있는지도 짐작할 수 있었다.

효빈은 사람을 무서워하는 게 아니라 죽음과 이별이 두려워 사람이나 동물처럼 생명을 가진 존재를 가까이하지 않는 것 같았다. 엄마에 이어 아빠까지 돌아가신 후 얼마나 많이 힘들었으면 아예 마음을 닫아버린 걸까 싶었다. 그런 효빈이 한없이 안쓰러워졌다.

"근데 너라면 효빈이랑 친하게 지낼 수 있을 것 같아."

"제가요?"

준우는 약간 당혹스러운 얼굴로 효빈 이모를 쳐다보았다. 이모는 대답 대신 빙그레 미소 지었다. 그 미소가 준우의 양심을 깊이 찔렀다. 상처 많은 아이에게 목적을 가지고 접근한 것도 미안한데 기대까지 받으니 마음이 천근만근이었다.

그 죄책감이 되살아나며, 미래의 나에게 이렇게 신나서 임무 완수를 보고하는 게 과연 떳떳한 일인가 싶은 회의가 밀려왔다. 준우는 구구절절한 이야기는 다 생략하고 딱 한마디만 덧붙였다.

이젠 내가 어떤 일을 해야 하는 건가요?

이모와 준우가 돌아간 후 효빈은 베란다에 두었던 뭉이와 냥이부터 거실로 데리고 들어왔다. 털을 매만져보니 뽀송뽀송한 것으로 보아 양껏 햇빛과 바람을 쐰 듯싶었다.

둘을 적당한 곳에 내려놓으려던 효빈의 눈에 문득 주방의 식탁이 들어왔다. 이모와 준우랑 같이 라볶이를 먹으며 떠들던 순간들이 떠올랐다. 효빈은 이내 고개를 돌렸다. 이번에는 피아노가 눈에 들어왔다. 준우가 연주하던 모습이 떠올랐다. 소파에 앉아 있던 준우도 떠올랐다. 효빈은 더 이상 외면하지 못하고 현실을 인정했다.

"또 추억이 생겨버렸네……."

효빈은 다시 천천히 주변을 둘러보았다. 익숙한 집 안인데도 준우가 있었다는 것만으로 특별한 풍경으로 다가왔다.

05
깨달음

이틀 후인 월요일 아침, 준우는 미래의 자신이라는 이에게 실망스러운 답장을 받았다.

그 말이 진짜였다니. 솔직히 놀랍고 어떡해야 할지 아직은 모르겠다. 너도 방법을 찾아봐. 효빈이와 가까이 있는 네가 나보다 유리할지도 모르니.

준우는 솔직히 황당했다. 미래의 나는 참 대책 없이 메일부터 보냈구나 싶었다. 하지만 그만큼 무언가 절박한 사정에 당면해 있을지도 모른다는 생각에 왠지 사명감도 느껴졌다. 그의 현재는 나의 미래이니 말이다. 한편으로는 미래의 나도 모르는 방법을 지금의 내가 어떻게 알아낼 수 있을지 막막하기도 했다.

그런 걱정들로 수업에 집중하지 못하고 계속해 효빈만 주시하던 준우는 놀라운 사실 하나를 발견했다. 효빈이 미동도 없이 앉아 있지만 사실은 수업 시간 내내 졸고 있다는 걸 말이다. 아주 미묘하게 두 번이나 고개가 젖혀지는 바람에 준우도 그 사실을 겨우 알아낼 수 있었다. 그러고 나니 희망이 좀 보였다. 미래의 내가 말한 것처럼 효빈이 가까이에 있는 지금의 내가 효빈이로부터 시간을 찾아올 방법을 알아내기 더 수월할지도 모른다는 생각이 들었다.

준우의 사정을 알 리 없는 나경은 분노로 끓어오르는 커피 포트가 되었다. 무려 50분이나 효빈에게서 시선을 떼지 못하는 준우 모습은 나경에겐 충격을 넘어 분노였다. 지수와 보영도 나경이 뿜어내는 살벌한 공기에 수업은 듣는 둥 마는 둥 나경의 눈치만 살폈다.

평소라면 누구보다도 빨리 급식실로 내려가는 효빈이었지만 오늘은 학생들이 몰려들고 나서야 모습을 나타냈다. 점심을 건너뛸까 고민하다 내려왔기 때문이다. 내려오고도 효빈은 급식실 안으로 들어가지 못하고 그 앞에서 한참을 망설였다. 토요일 이후로 효빈과 준우는 급속도로 가까워진 느낌이었다. 그런데 이상하게도 효빈은 그래서 더 준우와 마주 앉아 밥을 먹기가 쑥스러웠다. 효빈 자신도 이런 자신의 성격이 이상하다는 걸 알긴 알지만 어쨌든 적어도 오늘만큼은 피하고 싶었다.

결국 매점에서 빵이나 사 먹기로 하고 돌아서는 순간 누군가 효빈 앞을 막았다. 나경이었다. 나경 뒤에는 으레 지수와 보영이 서 있었다.

"점심 안 먹고 어딜 가?"

"그냥……. 속이 좀 안 좋아서."

"안 좋아도 먹어. 청산가리로 버무린 복어 알이 나와도 무조건 먹어!"

나경의 억지에 효빈은 곤란한 표정을 지었다. 내일쯤이면 몰라도 오늘은 정말 준우와 마주 앉아 있기가 불편할 것 같았다. 그런데 이때 나경이 듣고도 못 믿을 소리를 했다.

"우리 다섯 멤버는 이제 절친이야."

효빈은 물론이고 지수와 보영도 놀란 눈으로 나경을 쳐다봤다. 나경은 '절친'이라는 단어를 언급한 사람치고는 매서운 눈초리로 효빈을 노려보고 있었다. 효빈이 본능적으로 움츠러드는데 나경은 단호한 어조로 이야기를 계속했다.

"그러니까 단 한 명도 빠지면 안 돼."

나경은 차가운 얼굴로 효빈의 팔짱을 끼고 급식실로 끌고 갔다. 인정하긴 싫지만 효빈이 없으면 준우가 일찍 자리를 뜨거나 다른 테이블에서 먹을까 불안했다. 평소라면 따라 움직일 지수와 보영도 지금의 상황이 믿기지 않아 얼어붙은 듯 그냥 바라보고만 있었다.

"방금 절친이라고 들었는데, 너도 들었니?"

"어, 근데 왜 연행되는 거 같냐."

보영의 표현대로 나경에 의해 급식실로 연행된 효빈은 준우와 또 마주 앉았다. 마주 앉는 것만은 피하고 싶었지만 준우가 효빈 자리를 맡아놓았다고 하는 바람에 어쩔 수가 없었다. 효빈은 준우와 되도록 시선을 맞추지 않으려 했지만 준우는 토요일에 따로 만났다는 걸 전혀 의식하지 않는 듯했다. 그도 그럴 것이 아싸인 효빈에게나 큰 사건이었지, 인싸인 준우로서는 그냥 친구 집 놀러 갔던 것뿐인데 의식하고 말고의 개념 자체가 없었다.

준우는 평소처럼 모두와 즐겁게 웃으며 점심을 먹었다. 효빈도 분위기를 깨지 않기 위해 어색하지만 하하 웃으며 애쓰는데 갑자기 나경이 난감한 제안을 했다.

"지난번엔 효빈이도 안 오고 너도 일찍 가서 제대로 못 놀았 잖아. 오늘 노래방 어때?"

"아니, 난……."

효빈이 당혹스러워하는데 다행히 준우가 제동을 걸었다.

"학원 가야 하는데, 토요일은 어때?"

"그랬다가 애 또 안 나오면? 일단 오늘 조촐히 단합대회 한 번 하고, 토요일에 또 만나면 되지. 안 그래? 추억은 많을수록 좋은 거잖아."

"흠……, 그럴까?"

준우가 효빈의 의견을 구한다는 듯 효빈을 쳐다봤다. 효빈 은 아무 말도 할 수 없었다. 준우와 동시에 나경도 효빈을 무 섭게 노려보고 있었기 때문이다. 효빈은 마지못해 고개를 살 짝 끄덕였다.

방과 후, 다섯 멤버는 곧장 노래방으로 향했다. 그곳에서 무 려 2시간을 있었지만 효빈은 노래를 단 한 곡도 부르지 못했 다. 안 부르겠다고 버텨서이기도 했지만 나경과 지수, 보영이 마이크를 내려놓지 않았기 때문이다. 셋이 얼마나 노래방에 자주 갔는지 싱크로나이즈드 스위밍 국가대표도 저들만큼 호흡이 착착 맞진 못할 것 같았다.

준우와 효빈은 감탄하며 세 명의 노래와 춤을 감상했다. 그래서일까. 효빈은 문득 그들 셋의 무대가 무척이나 흥겹다고 느꼈다. 그 느낌이 주는 단순노출효과 탓인지 준우의 노래도 그 어느 가수의 노래보다도 듣기 좋게 들렸다.

노래방에서 나와 분식으로 고픈 배를 채운 다섯 명은 이번에는 오락실로 향했다. 소화도 시킬 겸 잠깐 찾은 곳이었는데 농구 게임에서 의외로 효빈이 공을 잘 넣어 모두가 놀랐다. 하지만 정말 놀랄 일은 인형 뽑기 가게에서 벌어졌다. 효빈이 인형을 착착 잘 뽑아댄 것이다. 덕분에 가게를 나올 때 다섯 명 모두 손에 인형을 하나씩 들고나올 수 있었다.

인형 뽑기 가게에서 나오자마자 지수가 휴대폰으로 시간을 확인했다.

"벌써 8시 30분이네."

"벌써?"

효빈은 진심으로 깜짝 놀랐다. 시간이 훅 가버린 느낌이었다.

지수는 아빠 생신이라 9시 전엔 들어가야 한다고 했다. 준우도 9시 학원 강의는 꼭 들어야 한다며 가겠다고 했다. 나경과 보영도 아쉽지만 슬슬 집에 가야 하지 않나 싶은데, 준우의 다음 말이 좋았던 분위기를 얼어붙게 했다.

"가자, 효빈아. 가는 길에 데려다줄게."

나경의 표정이 일순 싹 굳어버렸다. 지수와 보영도 놀란 눈으로 준우를 쳐다봤다. 효빈도 내심 놀랐다. 준우가 마치 남자친구처럼 너무나 자연스럽게 데려다주겠다는 말을 해서 말이다.

"너희 사귀어?"

궁금한 건 못 참는 보영이 직구로 물었다. 이에 준우는 웃음을 터트렸다.

"훗―, 얘네 집이 학원 가는 길에 있더라고. 중앙공원 쪽으로 가는 사람있으면 같이 가자. 우린 그쪽으로 가."

설상가상이었다. 준우는 예의 그 다정한 목소리로 '우리'라는 단어까지 언급했다. 지수와 보영은 어찌해야 할지 나경의 눈치를 살폈다. 의외로 나경은 쿨하게 말했다.

"내일 학교에서 보자."

"어, 그래."

준우도 쿨하게 돌아서 갔다. 효빈도 잠시 머뭇거리더니 아이들에게 손을 흔들며 "안녕." 하고 준우를 따라갔다. 지수가 나경에게 왜 안 따라갔는지 묻자 나경은 이번에도 쿨하게 답했다.

"당장의 거짓말로 앞으로 곤란해지고 싶진 않아. 중앙공원은 우리 집과 정반댄데 매일 그쪽으로 다닐 순 없잖아."

헐……. 지수와 보영이 웬일이냐 싶은 표정으로 나경을 바라보았다. 나경은 두 주먹을 앞으로 불끈 쥐더니 활활 불타오르는 눈빛으로 한마디를 덧붙였다.

"엄마한테 이사 가자고 해야겠어."

지수와 보영은 그제야 쿡─ 웃었다. 그럼 그렇지 싶어서였다.

나경의 이런 솔직함과 선을 넘지 않는 쿨함이 지수와 보영은 좋았다. 공부도 잘하고, 외모도 세련됐고, 집안도 부유하고 그러다 보니 자신감이 넘쳐 건방지고 제멋대로긴 하지만 악함은 없는 게 지수와 보영이 자발적으로 나경을 따르게 하는 나경만의 매력이었다.

준우는 효빈과 나란히 공원을 가로지르며 주변 경치를 둘러보았다. 커다란 호수가 인상적인 이 공원은 저녁에도 데이트하는 사람들과 놀러 나온 사람들, 운동하는 사람들로 북적북적했다. 익숙한 풍경들이었다. 그런데 이상하게도 다른 날들과 달리 준우는 왠지 마음이 편했다. 늘 빠른 걸음으로 가로지르던 공원 길인데 오늘은 옆에 효빈이 따라 걷고 있어서 그런지 걸음이 저절로 느려졌다. 뭔가 여유로운 느낌? 은은한 봄바람에 밀려다니는 벚꽃 향도 느껴졌다. 준우는 숨을 크게 들이마시고 내쉬었다. 세상 편안했다. 준우는 슬쩍 효빈을 쳐다봤다. 효빈은 준우와 단둘이 걷는다는 게 어색한지 약간은 긴장한 표정이었다. 준우는 효빈의 긴장을 풀어주기 위해 가벼운 대화를 시작했다.

"오늘 힘들었어?"

"오늘은…… 별로……."

효빈이 살짝 웃으며 답했다. 의외였다. 덕분에 준우의 마음도 한층 더 편안해졌다.

"친구들이랑 어울리는 거, 나쁘지 않지?"

효빈이 그렇다는 듯 고개를 끄덕였다.

"혼자 있을 땐 시간 진짜 안 가는데, 토요일도 그렇고, 오늘도…… 시간이 되게 빨리 가는 거 같았어."

진심이었다. 효빈은 자신의 하루만 25시간이라는 게 스스로도 잘 이해가 되지 않았다. 엄마 말대로 단순히 집안 내력이라고만 여기기엔 궁금한 게 너무 많았다. 그러다 고등학생이 되어 시간은 상대적일 수 있다는 것을 배우게 되면서, 만약 아인슈타인이라면 우리 집안의 비밀도 알아낼 수 있지 않을까 하는 생각을 했다. 하지만 아인슈타인이 아니라 아인슈타인 할아버지가 살아 돌아온다 해도 그것에 관해 묻고 싶은 의욕 같은 건 이미 사라지고 없었다. 이제 와 알게 된들 무슨 의미가 있겠나 싶었다. 그러면서도 마음 한편으로는 대부분의 사람이 사는 평범한 하루가 궁금했다. 1분이 60초라 하루가 24시간인 일상은 어떤 느낌일까. 하루가 길게 느껴지는 자신과 달리 짧다고 느껴질까, 아니면 적당하다고 느껴질까. 그런데 아마도 그런 하루는 지난 토요일과 오늘 같은 그런 느낌이 아닐까도 싶었다. 무언가 아쉬운……

"즐거웠다니 다행이네."

"네 공부 시간 빼앗아 미안해."

"아냐, 나도 스트레스 해소되고 좋았어. 너랑 같이 있으면 왠지 마음이 편해. 당황스러운 일들도 안 생기고……."

준우도 진심이었다. 그러나 준우는 말을 끝까지 잇지 못했다. 문득 어떤 생각이 준우의 머릿속을 스쳐 지나갔기 때문이다. 준우는 걸음을 멈추고 효빈을 똑바로 바라보며 물었다.

"시간이 빨리 가는 거 같다고?"

"어."

"1분이 62.5초인 거 다시 보여줄 수 있어?"

"응."

효빈은 왜 그러나 싶었지만, 별생각 없이 휴대폰을 꺼내 준우와 함께 현재 시각을 지켜보았다. 그런데……, 시간이 59초에서 00초로 넘어가 버렸다. 효빈이 당황했음은 물론이고 준우 역시 놀랐다. 두 사람은 다시 한번 휴대폰 현재 시각 화면에 집중했다. 또다시 59초에서 00초로 넘어갔다. 1분이 평범하게 60초인 것이었다.

"어……?"

효빈은 당황해 자기도 모르게 변명 조의 이야길 했다.

"진짜 62.5초거든. 거짓말 아니야."

그 순간 효빈의 머릿속에도 어떤 생각이 스치고 지나갔다. 효빈도, 준우도 각자 무언가 깨달은 듯 순간 정적이 흘렀다.

"먼저 갈게!"

효빈은 허둥지둥 가버렸다. 준우도 혼란스러운 상태라 굳이 잡지 않았다.

집에 돌아온 효빈은 대문을 닫자마자 대문에 기대 휴대폰 현재 시각 화면을 다시 주시했다. 이번에는 62초에서 00초로 넘어갔다. 효빈은 휴대폰을 내리며 중얼거렸다.

"하……, 이럴 수가……. 나경이를 정말로 이겼었네……."

효빈은 고개를 들어 가만히 밤하늘을 올려다보았다.

"엄마……."

엄마가 생각나지 않을 수 없었다. 만약 자신이 느낀 게 맞는다면 말이다.

준우 역시 학원 강의에 집중하지 못하고 휴대폰의 현재 시각 화면만 지켜보고 있었다. 대부분 1분이 60초를 채우고 넘어갔지만 58초에서 넘어가기도 하고, 갑자기 2분이 훅 가버리기도 했다.

"……."

다음 날도 준우는 학교 수업 중에 휴대폰 현재 시각 화면만 뚫어지게 쳐다보고 있었다. 어젯밤 학원에서와 달리 착실히 60초를 채우고 성실하게 1분씩 넘어갔다. 뒷자리의 나경은 그런 준우를 보며 갸웃갸웃했다. 준우 같은 모범생이 오전 수업 내내 휴대폰만 바라보고 있으니 말이다. 물론 어제 효빈만 바라보고 있을 때보다는 비교할 수 없이 낫지만 뭔가 아주 많이 이상했다.

효빈도 모처럼 졸지 않고 정신을 바짝 차리고 있었다. 머리카락으로 가리고 있었지만 귀에는 무선 블루투스 이어폰이 꽂혀 있었다. 효빈은 수업 시간 내내 정신을 집중해 여러 음악을 들었다. 몇몇 곡들에선 사람들이 이래서 음악을 듣는 거구나 싶을 정도로 가슴이 두근거렸다. 평생 들어본 적 없는 제 속도로 들리니 곡 전체의 분위기가 전혀 다르게 느껴졌다.

수업이 끝나는 종이 울리자 준우는 그제야 고개를 들어 효빈을 바라봤다. 그러고는 이제 확실히 깨달았다는 듯 끄덕였다.

효빈 역시 수업 종소리 덕에 더더욱 확신할 수 있게 되었다. 준우가 연주한 〈캐논 변주곡〉이 아름답게 느껴지고 친구들과 갔던 노래방의 노래들이 유난히 듣기 좋았던 이유가 역시나 이거였구나 싶었다. 고2 음악 교과서에는 어째서 유독 좋은 곡들만 있는지도, 심지어 수업 종소리마저 1학년 때와 다르게 아름답게 들리던 이유가 모두 준우와 함께 있어서였다는 걸 말이다. 준우와 함께일 땐 1분이 62.5초가 아닌, 평범하게 60초가 되어 소리가 정상적인 빠르기로 들렸던 것이다. 모든 게 이해된 효빈의 얼굴이 살짝 붉어졌다. 효빈의 피아노 연주가 완벽했다고 하던 준우의 칭찬이 빈말이 아니었다는 것을 알게됐기 때문이다.

점심을 먹으며 나경은 또 갸웃했다. 평소와 다르게 준우가 심각한 얼굴로 한마디 말도 없이 밥을 먹었기 때문이다. 마주 앉은 효빈은 준우 얼굴을 쳐다보지도 못하고 고개를 푹 숙인 채 먹었다. 그런 둘의 모습에 나경은 답답함을 못 참고 바로 물었다.

"둘이 싸웠어?"

"아니."

준우가 짧게 부정했다. 효빈도 고개를 저었다.

"설마 둘이 키스했어?"

상상도 못 했던 보영의 훅 들어오는 질문에 나경은 심장이 덜컥했다. 효빈도 밥이 목에 걸려 기침을 해댔다.

"어제 데려다주며, 그치? 그래서 둘이 어색한 거지?"

보영이 다그치듯 물었다. 그제야 준우가 나경을 향해 입을 열었다.

"임나경, 넌 꿈이 뭐야?"

"꿈?"

"뭐가 되고 싶어? 대학에서 뭐 전공할 거야?"

나경은 갑자기 웬 뚱딴지같은 질문인가 싶기도 했지만 예의 그 잘난 척하는 천성이 튀어나와 고개를 빳빳이 들고 거만한 어투로 답했다.

"난 약대 가서 부모님 약국 이어받는 게 꿈이야. 아주 큰 약국을 하시거든."

"지수 넌?"

분위기만 살피던 지수도 갑작스레 들어온 질문에 약간 당황했다.

"나? 난 사대 가서 선생님 되려고."

"보영이 넌?"

"게임 회사 다니는 게 꿈인데 전공은 아직 못 정했어."

"효빈인?"

이 질문을 하기 위해 모두의 꿈을 물었던 준우는 매우 궁금하다는 표정으로 효빈의 답을 기다렸다. 효빈은 잠시 머뭇거리더니 조심스레 입을 열었다.

"난…… 그런 거 생각해본 적 없는데."

"정말?"

지수가 약간 놀란 듯 되물었다.

"고2인데 아직도 되고 싶은 게 없어?"

나경 역시 의외라는 듯 재차 물었다. 효빈은 모두의 반응에 좀 민망했는지 가만히 고개만 끄덕였다.

"그럼 목표하는 대학은?"

준우가 집요하게 물었다.

"그런 거 없는데……. 그다지 뭘 하고 싶다든가 그런 걸 그리며 살아오질 않아서……."

"말도 안 돼."

보영이 어이없다는 표정으로 두 사람의 대화에 끼어들었다.

"아무리 전교 꼴등이라도 그렇지, 넌 꿈도 없냐? 로또 당첨, 돈 많이 벌고 싶다, 뭐 그런 꿈도 없어?"

"글쎄……, 그런 거 세워봤자 실현되지 않으면 속만 상하니까……. 꿈 같은 건 없는 편이 좋다는 주의랄까."

효빈이 어색하게 웃으며 얼버무리려는데 곧바로 준우가 진지하고도 단호하게 선언했다.

"이제 네 목표는 한국대 물리학 전공이고, 네 꿈은 과학자야."

헉……. 효빈의 마음속에서 헉 소리가 절로 나왔다. 아니나 다를까, 나경과 지수, 보영이 까르르 웃음보를 터트렸다.

"효빈이가 한국대 가는 것보다 우리 집 마당에서 석유 터질 가능성이 더 크겠다."

보영이 배를 잡고 웃으며 말했다. 그러나 준우는 무시하고 의연히 일어나며 효빈을 다그쳤다.

"다 먹었으면 일어나. 시간 없어."

그 강경한 어조에 효빈도, 나경도, 지수와 보영도 다들 눈이 동그래졌다. 진심인 것 같은 준우의 진지한 표정에 어느 누구도 더 이상 웃을 수 없었다.

급식실에서 나온 준우는 혼자 찾곤 했던 비밀 장소로 효빈을 데리고 갔다. 그곳은 바로 학교 건물 뒤 한쪽 구석에 자리한 토끼 사육장이었다. 학생들과 교직원들 사이에선 여전히 토끼 사육장으로 불리지만 지금은 토끼를 키우지 않는지라 낡은 책걸상이나 버려야 할 화이트보드 등의 학교 폐품들을 쌓아놓는 장소로 바뀐 곳이었다. 준우가 가끔 그곳을 찾는 이유는 남의 눈에 잘 뜨이지 않는 곳이어서 잠이 부족할 때 점심시간을 틈타 잠깐 졸고 가기 딱 좋아서였다. 준우와 친한 친구들은 준우가 없어지면 제일 먼저 그곳에 가서 준우를 찾았다.

교실과 급식실, 화장실 외엔 특별한 개인적 동선이 없던 효빈은 그런 곳이 있는 줄도 몰랐다. 그 때문에 왜 이런 곳으로 데리고 왔나 궁금하기만 한데, 준우는 이렇다 할 설명도 없이 학원 수강표부터 쫙 펼쳐 효빈의 눈앞에 들이밀었다. 그러고는 하얗고 긴 검지로 몇몇 강의들을 가리켰다.

"앞으로 이 강의, 이 강의, 이 강의, 그리고 이 주말 강의는 무조건 듣고,"

"저기……."

효빈이 망설이다 준우의 말을 끊었다.

"저기……, 꿈을 꾸는 것과 동시에 현실을 제대로 보고 받아들이는 것도 중요하지 않을까……?"

효빈은 현실을 외면하면 그건 꿈이 아니라 망상이라고 생각했다.

"현실? 네 현실이 뭔데? 학교에선 졸기나 하고 집에선 종이접기나 하며 공부는 전혀 안 하는 거?"

그렇다고 그 현실을 직격으로 지적당하는 건 뜨끔하고 아팠다.

"네 현실은 아버지는 천재 천문학자였고, 엄마는 의사였고, 이모는 변호사라는 거야. 네가 그 세 분의 머리를 닮지 않았을 리 없어. 종이접기 작품 수준들만 봐도 알 수 있어. 게다가 넌 어릴 때 배운 피아노곡을 아직도 외우고 있을 정도로 기억력이 좋고. 농구 게임이나 인형 뽑기에서 보여줬듯 집중력도 대단히 강해. 옆에서 잡아줄 사람이 없었을 뿐이야. 그걸 내가 해주겠다는 거야."

머리는 단순히 머리카락을 키우는 화분이 아니고 어깨 위가 허전해서 얹고 다니는 것이 아니다. 유전이라는 것이 반드시 작용해 효빈의 머리는 특별할 것이라고 준우는 강하게 믿었다. 하지만 효빈에게 그런 유전학의 신념 같은 게 있을 리 없었다.

"그래도 벌써 고2인데…… 아무리 꿈도 좋지만, 꿈을 향해 가는데 전혀 거기에 도달할 수 없다면……. 뭐랄까…… 침울하달까…… 슬프고……."

효빈의 기운 빠지는 소리에 준우는 더 강경한 어조로 효빈을 다그쳤다.

"왜 이미 도달할 수 없다고 생각하는데?"

"……."

"힘들 거 같으니 미리 도망치자, 그런 마음은 아니고?"

틀린 말은 아니었다. 하지만 효빈에겐 그 이유만이 전부는 아니었다.

"……솔직히 나한텐…… 대학부터가 무리야."

효빈은 체념한 듯 고개를 떨궜다. 슬쩍 보이는 얼굴에선 한창 발랄할 여고생의 표정이라고는 생각할 수 없는 우울함이 묻어났다. 그 모습이 준우를 알 수 없는 사명감에 불타오르게 했다.

"사람은 전력을 다하지 않고는 발전할 수 없고, 자신의 진짜 한계도 알 수 없는 법이야. 무언가를 전력으로 부딪쳐서 해나갈 때, 그때 비로소 자신의 한계를 알게 되서 그 벽을 극복하려 노력하게 되는 거고, 바로 그 순간이 그 사람이 굉장한 빛을 발하는 순간인 거야. 태어났으면 너도 인생에 그런 순간을 한 번쯤은 만들어봐야 할 거 아냐."

순간 효빈의 가슴이 두근거렸다. 그러고 보니 '태어났으면'이라는 생각은 단 한 번도 해본 적이 없었다. 효빈은 고개를 들어 준우를 올려다봤다. 그 순간의 준우야말로 광채가 쏟아지는 것 같았다. 사람 뒤에서 후광이 비친다는 말이 바로 이런 건가 싶을 정도였다.

"그러니 해보지도 않고 부정적인 것부터 떠올리지 마. 무조건 전력으로 부딪치면 돼. 다음에 어떤 길이 이어질지 모르지만 타협하지 않고 갈 생각이야."

이것은 준우의 평소 가치관이기도 했다. 확신과 신념이 가득한 준우의 말과 표정에 효빈은 내심 감동했다. 준우 말대로 '태어났으면' 한 번쯤은 뭔가를 전력으로 해봐야 할 것 같은 그런 벅찬 기분에 눈물까지 글썽해지려는데 준우의 다음 말에 눈물이 쏙 들어갔다.

"설사 네가 세 분을 닮지 않았다 해도, 돌머리에 글씨 새기는 석공의 심정으로 머리에 한 글자, 한 글자 새겨나가면 돼."

머리에 글씨를 새기다니……. 효빈의 표정에 두려움이 서리자 준우는 안심시키려는 듯 씩 웃으며 말했다.

"그렇다고 걱정하지는 마. 빈 수레가 뭐다?"

"……?"

"끌기 편한 법."

"컥!"

"그러니 내가 하자는 대로만 따라와!"

효빈은 자신을 들었다 놨다 하는 준우의 카리스마에 불안하면서도 걱정이 됐다. 저렇게 확신에 차 자신하는데 기대에 못 미쳐 실망을 주면 어쩌나 싶어서였다.

그 광경을 멀리서 숨어보고 있던 나경과 지수, 보영은 점점 표정이 어두워져 갔다. 두 사람이 뭐라 하는지 들리진 않았지만 분위기상 무얼 얘기하고 있는지는 짐작이 갔다.

"쟤들 진짜 사귀나? 아무리 같이 다니고 싶어도 정도가 있지."

지수의 말에 나경의 표정이 굳었다. 이에 보영이 나경을 위로했다.

"너무 열 받지 마. 실현될 리 없잖아. 너라면 모를까, 전교 꼴등이 무슨 수로 한국대에 가."

"맞아, 맞아. 한국대 매점에 알바하러 가는 거면 몰라도."

지수도 거들었지만 나경은 그런 위로로는 성이 차지 않았다.

"알바는커녕 잡상인으로도 절대 안 돼⋯⋯!"

나경은 주먹을 꽉 쥐며 분노에 찬 목소리로 말했다.

다음 날, 준우는 효빈을 앞장세워 효빈의 이모가 다니는 로펌회사를 찾아갔다. 이름만 대면 다들 아는 대형 로펌에서 근무하는 이모는 사무실로 찾아온 준우와 효빈을 반갑게 맞았다. 좋은 식당이나 카페에서 두 사람을 만나 맛있는 거라도 사주고 싶었지만 내일 재판 때문에 잠시도 사무실을 떠나기 힘든 상황이었다. 준우는 자리에 앉자마자 자신이 작성한 스터디 계획서를 내밀었다. 그 계획서를 훑어보던 이모의 얼굴엔 놀라움과 미소가 교차했다. 효빈의 일일 스케줄이 내일 재판을 앞둔 자신보다도 빡빡해 보였기 때문이다.

"철저하다 못해 처절한 스케줄이군. 좋아, 마음에 들어."

효빈의 이모는 준우에게 엄지를 들어 보였다.

"너무해! 무리라고, 이 스케줄은!"

효빈이 당장에 반발했다. 그러나 이모는 효빈을 무시하고 준우에게 바로 물었다.

"내가 해야 하는 일은 뭐지?"

"효빈이가 학원에 다닐 수 있게 도와주시고, 효빈이 집을 공부 장소로 쓰는 것을 허락해주세요. 제가 직접 효빈이를 가르치며 같이 공부해야 하기 때문에 도서관 같은 곳은 적절치 못해요. 그렇다고 효빈이를 저희 집으로 불러 12시까지 같이 공부하기엔 부모님도, 저도 불편하고요. 물론 당연히 홈 CCTV를 설치해 이모님이 언제든 실시간으로 보실 수 있게 하겠습니다."

준우의 시원시원하고 명쾌한 대답에 이모는 바로 신용카드를 꺼내 건넸다.

"학원비, 교재비, 그 외 필요한 책들과 식사비, 간식비, 그리고 CCTV 설치비 등등 모두 알아서 쓰도록."

"사용 내역과 영수증은 매주 메일로 보내드리겠습니다."

효빈 이모는 믿음직하다는 듯 신뢰 가득한 얼굴로 고개를 끄덕였다. 반면 효빈은 멘탈이 무너질 지경이었다. 이모라도 말려주길 바랐기 때문이다.

"근데 네 성적 챙기기도 바쁠 시기에 어째서 효빈이까지 챙기지?"

이모의 정곡을 찌르는 질문에 효빈도 순간 정신이 번쩍 들었다.

"진짜⋯⋯, 왜 나를⋯⋯?"

"효빈이와 평생 베프가 되려고요."

준우가 할 수 있는 최대한의 정직한 답이었다. 이 아이가 내 시간을 빼앗아 가는 것 같아 일단은 붙어 있으려고 한다고 말할 순 없지 않은가. 그러나 이를 그냥 넘길 이모가 아니었다.

"그냥 결혼하는 건 어때, 조카사위?"

"이모!"

효빈의 얼굴이 빨개졌다. 준우 역시 당황했다.

"아직 그런 거 생각할 나인 아니고요."

두 사람의 반응에 이모는 빙그레 웃더니 이내 진지한 표정으로 준우의 얼굴을 찬찬히 살폈다. 그 부담스러운 시선에 준우는 눈을 어디에 둬야 할지 모를 지경이었다.

흠⋯⋯, 효빈 이모는 다시 한번 빙그레 웃었다. 준우의 관상이 꽤 마음에 들었다.

이모를 만나고 나온 그길로 두 사람은 마트에 갔다. 준우는 스터디를 시작하기 전에 왜 마트부터 털어야 하는지 이해할 수 없었지만 효빈의 기분을 맞춰주기 위해 함께 장을 봤다. 사실 효빈은 준우와 단둘이 마주 앉아 공부해야 한다는 게 부담스러워 공부 시간을 줄이려 마트부터 가자고 했던 것이다. 효빈이 마트에 1분이라도 더 있으려 이것저것 많이도 고르고 담는 동안, 준우는 단 한 번도 재촉하거나 투덜거리지 않았다. 그러면서도 효빈이 어떤 걸 고를지 망설이고 있을 때면 명쾌하게 답을 내주었다. 준우의 그런 모습에 스터디를 막연히 걱정하던 효빈의 마음이 조금은 편안해졌다. 함께 장을 본다는 게 즐겁기까지 했다.

어찌나 많은 군것질거리를 샀는지 사 온 것들을 식탁 위에 올려놓으니 공부를 하기 위해 산 건지 파티를 하려 산 건지 헷갈릴 정도였다. 효빈은 민망하면서도 나쁘지 않았다. 이걸 정리한다는 핑계로 공부 시간을 줄일 수 있을 테니 말이다. 하지만 가끔은 허술해 보여도 알고 보면 그리 허술하지 않은 게 세상살이인 법. 준우는 예의 그 상냥한 미소를 지으며 확실히 못을 박았다.

"먹고 싶다는 건 다 샀으니 이젠 불평 않고 공부하기다."

'헉…….'

효빈으로서는 반박할 말이 없었다. 자기 꾀에 자기가 넘어간 기분이었다.

"빨리 정리하고 공부 시작하자."

준우는 정리를 돕겠다고 나섰다. 덕분에 즐거웠던 효빈의 기분이 다시 가라앉았다. 음료와 냉장식품들을 넣어놓으려 냉장고 문을 열었던 준우는 그 안에 딸기우유가 가득한 것을 보고는 고개를 갸웃했다. 이렇게 많은데 아까 마트에서도 효빈이 딸기우유를 또 여러 개 샀기 때문이다.

"딸기우유 좋아해?"

"이모가 좋아해 사놔. 엄마도 아빠도 좋아하셨고."

"흠……."

준우는 딸기우유를 두 개 꺼내 효빈 앞에 내려놓았다.

"좋아, 이제 공부 시작 전에 딸기우유 두 개씩 마시고 시작한다."

"?"

"딸기우유가 우리 스터디 공식음료야."

"에? 그냥 엄마 아빠 생각나 사놓는 거지, 두 개씩 먹을 정도는……. 망고 주스 사 왔잖아."

"안 돼! 넌 무조건 딸기우유야. 유전자의 힘을 최대한 끌어
내기 위해 무조건이야. 오케이?"

"말도 안 돼!"

그렇게 두 사람의 스터디가 본격적으로 시작되었다. 준우는
효빈의 개인 교사가 되어 효빈의 집에서도, 학교에서도 효빈
이에 대한 감독과 지도를 멈추지 않았다.

교내 최고 인싸인 준우가 효빈에게 특별한 관심을 보이며
붙어 다닌다는 소문은 순식간에 금강고등학교는 물론 근처
학교에까지 다 퍼졌다. 그러나 준우는 남의 시선과 소문 따
위는 전혀 신경 쓰지 않았고 오직 효빈의 성적을 올리는 데만
집중했다. 심지어 급식실에서 점심을 먹을 때도 효빈에겐 영
어 단어를 외우며 먹으라 하고, 나경과 지수와 보영에게는 효
빈이 먹는 동안 공부해야 하니 조용히 식사하자고까지 했다.

보다 못한 나경이 눈꼴이 시어 한마디 하려고 해도 준우가
바로 조용히 할 것을 부탁하는 바람에 나경도 어쩌지를 못했
다. 그래도 준우랑 같이 먹는 게 더 좋기 때문이었다. 지수와
보영도 준우 눈치가 보여 씹는 소리도 조심스러울 정도였다.

준우는 효빈과 학원도 같이 다니며 함께 맨 앞자리에서 수
업을 들었다. 효빈은 준우 때문에 딴짓도 못 하고 졸지도 못하

고 꼼짝없이 강의에 집중해야만 했다. 그나마 효빈이 쉴 수 있는 건 학원을 오가는 버스 안에서였다. 엄격한 준우였지만 눈이 나쁜 효빈을 배려해 흔들리는 버스 안에서까지는 공부를 강요하지 않았다. 덕분에 준우 옆에서 이어폰으로 듣는 잠깐의 음악이 효빈에게 재충전의 힘을 주었다. 준우와 같이 있으면 평범한 사람들처럼 곡의 아름다움을 느낄 수 있기에 효빈도 이제 사람들이 음악을 듣고, 콘서트나 음악회에 가는 이유를 공감할 수 있게 되었다.

어느덧 목표가 없던 효빈에게도 작은 목표가 생겼다. 준우는 효빈과 함께 한국대에 들어가는 것이 목표이지만 효빈의 목표는 입시가 끝나 여유가 생기면 준우와 함께 음악회에 가는 것이었다. 그 소원 하나로 효빈은 철저하다 못해 처절한 준우의 스파르타식 스케줄을 즐거이 따를 수 있었다.

그러나 그동안 안 했던 공부가 하루아침에 되는 게 아닌지라 효빈은 준우가 내주는 매일매일의 테스트에서 낙제점을 받기 일쑤였다. 마주 앉아 채점하는 준우 앞에서는 쥐구멍을 찾고 싶을 정도였다. 효빈은 그럴 때마다 테이블 위의 딸기우유만 마셔댔다. 준우의 말처럼 유전자의 힘이 필요했다.

효빈 이모는 휴대폰에 연결된 홈 CCTV를 통해 틈틈이 두 사람이 스터디 하는 모습을 살펴보곤 했다. 거실 중앙에 넓은 테이블을 놓아두고 마주 앉아 공부하는 두 사람의 모습은 이모의 얼굴에 미소를 떠오르게 했다. 준우는 매일 자정까지 효빈과 공부를 하고 귀가했다. 독서실 루틴이 효빈의 집 루틴으로 바뀐 것이다.

✦ ✦ ✦

준우는 미래의 자신에게 최근의 근황을 알리는 메일을 썼다.

함께 있으면 효빈이도, 저도, 시간이 늘어나지도, 줄지도 않는 보통의 시간이 흐른다는 걸 알게 되었습니다. 그러기 위해 효빈이를 공부시키고 있습니다. 같은 대학, 같은 연구소에서 평생 많은 시간을 같이하면 빼앗겨버리는 시간이 훨씬 줄어들 거로 생각해서입니다.

잠시 후 답장이 바로 왔다.

두 사람이 함께 있으면 보통의 시간이 흐른다니 놀라운 일이구나. 아직 나 역시도 방법을 찾지 못한 상황에선 일단 그 방법도 나쁘진 않아 보인다. 더 좋은 방법이 있을지도 모르겠지만. 그런데 효빈이가 너와 같은 대학, 같은 연구소에서 일할 정도의 실력이 되는지가 의문이구나. 공부를 잘했다는 기억이 별로 없어서.

준우는 피식 미소 지었다.

06

딸기우유의 힘

    금강고등학교는 학생들의 학업 성취 의욕을 높인다는 명목 하에 주요 시험 때마다 각 학년 전교 1등부터 50등까지의 성적을 게시하는 전통이 있었다. 시대에 맞지 않는다며 반발하는 학생과 학부모들이 많아 3년간 폐지한 적도 있었지만 우연인지 필연인지 하필 그 시기 명문대학 진학률이 낮아지는 바람에 교장 선생님의 강력한 의지 아래 학교 측에서 학부모들을 설득하여 부활했다. 비록 50등이 아닌 20등까지의 성적만 게시하고 학생의 이름 가운데 글자를 동그라미 처리하기로 조정이 되긴 했지만 그렇다 해도 누군지 다 알 수 있는지라 학생들의 불만은 계속되었다. 그러나 아이러니하게도 준우가 입학

한 후부터는 특히나 여학생들이 성적을 게시하는 날을 더 손
꼽아 기다렸다. 준우가 몇 등을 했는지가 궁금했기 때문이다.

　그날도 모의고사 성적표가 나오는 날이라 일찍부터 학생들
이 게시판 주변을 서성였다. 정규 수업이 끝나고 학생부장 선
생님이 게시물을 붙이고 가자마자 주변에 있던 학생들이 게시
판 앞으로 우르르 몰려들었다. 몇 학년 누가 몇 등을 했나, 특
히 2학년 이준우가 몇 등을 했느냐는 모든 여학생에게 초미의
관심사였다. 몰려든 학생들 속엔 나경과 지수도 있었다.
　"와……, 준우 진짜 대단하다. 효빈이한테 엄청 신경 쓰면서
도 또 1등이네. 나경이 넌……."
　지수가 이번에는 나경의 이름을 찾아봤다. 하지만 몇 번을
훑어봐도 발견할 수 없었다. 지수는 그제야 자신이 실수했음
을 깨닫고 나경의 눈치를 살폈다. 나경의 표정은 이미 굳어 있
었다.
　"혹시 21등……?"
　"됐어."
　나경이 뒤돌아서는데 저만치서 보영이 뛰어오고 있는 게 보
였다.
　"나경아, 지수야!"

보영은 두 사람 앞으로 뛰어와 숨을 고를 여유도 없이 바로 소식을 전했다.

"들었어? 효빈이가 7등 했대. 전교에선 42등."

나경의 눈이 동그래졌다. 지수 역시 믿기 힘들었다.

"뭐어? 꼴등만 하던 애가 그런 떡상을?"

스터디를 시작하며 효빈의 성적표부터 펼쳐본 준우 역시 놀라면서도 기뻐 환호했다. 준우가 좋아해주니 효빈의 기분도 덩달아 좋아졌다.

"시험 전 네가 정리해준 요약 노트 덕이야. 고마워."

"아니, 오히려 내가 고마워. 사실은 너무 한계까지 몰아쳐 그만두겠다고 할까 봐 걱정했는데 잘 따라주고 고맙다고까지 해주니."

그랬구나……. 준우의 속내를 처음 들은 효빈은 뭉클해지면서도 칭찬에 기분이 붕 떴다.

"좋아, 기분이다. 바라는 거 있음 얘기해."

"숙제 좀 덜 내주라! 12시까지 같이 공부하고 따로 숙제까지 해야 하니 쓰러져 자느라 별을 볼 시간이 없어."

효빈의 입에서 1초의 망설임도 없이 바로 소원이 튀어나왔다. 아빠와 매일 밤하늘의 별을 보던 효빈에겐 그것을 할 시간조차 없다는 게 가장 아쉬웠기 때문이다.

그러나 준우는 고민을 하는 것 같더니 이내 단호히 선을 그었다.

"안 돼."

"너무해! 말하라더니!"

"말하라고 했지, 들어준다고는 안 했어."

"칫—!"

뾰로통했던 효빈의 입은 다음 날로 쏙 들어갔다. 스터디 시작 전 무언가 큰 상자를 들고 온 준우는 효빈에게는 공부하라고 하고 자신은 효빈 방으로 들어갔다. 썩 내키지 않았지만, 꼭 해야 할 일이 있다며 혼자 방에 들어가도 되냐고 양해를 구하는 준우의 정중함에 효빈은 허락해주지 않을 수 없었다. 준우라면 믿을 수 있을 것 같았다.

한 시간 남짓 흐른 후, 준우가 방문을 열더니 효빈을 불렀다. 대체 무슨 일을 한 건지 궁금했던 효빈은 빛의 속도로 일어나 방으로 향했다.

방에 들어선 효빈 입에선 감탄사가 흘러나왔다. 효빈은 휘둥그레진 눈으로 방 안을 둘러보았다. 천장과 사방 벽에 달과 태양과 행성들이 펼쳐져 마치 소우주를 옮겨놓은 것 같았다. 준우가 설치한 스크린들과 플라네타륨 프로젝터가 보여주고 있는 마법이었다.

효빈이 좋아하는 모습을 흐뭇이 바라보고 있던 준우가 이번에는 방 조명을 완전히 껐다. 그 순간, 방 안이 온통 별들로 물들었다. 은하수에 별똥별까지 떨어지는 효빈의 방은 그야말로 티브이에서만 보던 이국의 밤하늘이었다.

"와……, 빨려 들어갈 것 같아. 너무 감성적이야……."

"아쉬운 대로 이거라도 보면서 잠드는 거로 만족해."

"응, 고마워."

효빈은 감동해 눈물이 가득한 눈으로 고마워했다. 그래도 부끄러워 준우 앞에선 울지 않으려 했지만 그만 눈물이 쏟아지고 말았다. 준우의 배려심과 따뜻함에서 생전에 너무나 자상했던 아빠가 떠오르는 바람에 참을 수가 없었다.

효빈이 우는 것 같은 느낌이 들어 준우는 효빈 쪽으로 고개를 돌렸다. 효빈은 당황해 얼른 안경을 벗고 눈물을 닦았다. 그 모습에 준우의 심장이 쿵 내려앉았다. 별빛 아래라 그런지 효빈이 유난히 청초해 보였다. 준우는 놀라 다급히 불을 켰다. 놀란 효빈은 다시 안경을 쓰고 준우를 바라봤다.

준우는 당황한 얼굴로 방 밖으로 효빈의 등을 떠밀었다.

"자, 이제 또 공부, 공부!"

"에? 벌써?"

"오늘도 한계에 도전한다. 12시까지 논스톱!"

효빈은 내심 다행이라는 생각을 했다. 덕분에 눈물을 멈출 수 있었으니 말이다.

새벽이 돼서야 집에 돌아온 준우는 방에 들어와 씻지도 않고 바로 침대에 걸터앉았다. 후……. 작게 한숨이 흘러나왔다. 효빈과 마주 앉아 공부하는 것이 오늘처럼 힘든 날이 없었다. 공부에 집중은 안 되고 자꾸 효빈을 쳐다보게 됐다.

준우는 안경을 벗고 눈물을 닦던 효빈의 모습을 다시 떠올려 보았다. 그러고는 담담히, 자신의 마음을 정리하기라도 하는 듯 중얼거렸다.

"역시 내 예상이 맞았어. 그 녀석……, 안경 안 쓴 게 더 어울린다고."

준우는 자신이 느꼈던 감정을 애써 그렇게 아무 일도 아니었다고 결론 내렸다.

그날 밤에도 효빈은 별을 제대로 볼 수 없었다. 준우는 별을 보며 잠이 들라고 했지만 안경을 벗으면 별들이 흐릿하게 뭉개져 보였다. 효빈은 침대에서 벌떡 일어나 머리맡의 안경을 다시 썼다. 그리고 바라보니 방 안은 다시 너무나 멋진 밤하늘이 되어 있었다.

"힝, 안경을 빼면 안 보이잖아⋯⋯."

효빈은 아쉬움이 가득해 중얼거렸다. 하지만 얼굴엔 계속 미소가 맴돌았다. 그래도 역시 좋기 때문이다. 준우가 자신을 위해 펼쳐준 밤하늘이 말이다.

◆ ◆ ◆

중간고사 성적이 붙던 날, 나경은 일찌감치 학교 게시판 앞에 와 기다리고 있었다. 지난 모의고사와 달리 중간고사는 꽤 잘 봤기 때문에 자신의 이름이 오를 것으로 기대하고 있어서였다. 지수와 보영도 따라왔음은 물론이다. 과연 학생부장 선생님이 붙이고 간 2학년 성적 명단엔 나경의 이름이 15등으로 당당히 자리하고 있었다. 그러나 자신의 이름을 미처 발견하기도 전에 나경은 큰 정신적 충격을 받았다.

"말도 안 돼⋯⋯."

나경의 입에서 탄식과도 같은 신음이 흘러나왔다. 지수와 보영도 눈을 비비고 명단을 다시 봤다. 그러나 다시 봐도 2학년 전교 1등 3반 김ㅇ빈, 2등 3반 이ㅇ우였다. 3반에서 김ㅇ빈은 효빈이 하나였다.

"믿을 수 없어."

"준우가 일부러 틀려준 거 아냐?"

보영의 추리에 그제야 지수도 이해했다.

"그래, 효빈이 의욕 만땅하라고 일부러 시험 못 본 거야."

하지만 나경은 고개를 저었다. 그러고는 떨리는 목소리로 격양되어 언성을 높였다.

"아니……. 아니, 그렇다 해도 효빈이가 1등이라니……. 그 위에 아무도 없다는 게 말이 돼?"

나경은 효빈이 전교 1등이라는 걸 부정할 수 없는 현실이 너무나도 끔찍했다.

충격을 받은 건 준우도 마찬가지였다. 준우는 비밀 장소에서 자신의 성적표를 다시 펼쳐보았다. 몇 번을 봐도 '2'라는 숫자가 선명히 찍혀 있었다. 성적표를 쥔 준우의 손이 미세하게 떨렸다. 준우는 서 있기조차 힘이 든 듯 건물 외벽에 기대 무릎을 세운 채 주저앉았다. 너무나 충격이었다.

"단 3개월 만에……. 지금까지 필사적으로 공부해온 내 인생은 대체 뭐란 말이지……?"

충격과 회의, 경악 등 만감이 교차하는데 갑자기 효빈의 목소리가 들려왔다.

"준우야!"

준우는 놀라 얼른 성적표를 주머니에 구겨 넣고 아무렇지 않은 척 소리가 나는 쪽으로 고개를 돌렸다. 효빈이 기쁨에 가득 찬 얼굴로 성적표를 휘날리며 달려오고 있었다. 성적표를 받은 효빈은 스터디 때까지 기다릴 수가 없어 준우가 여기 있을 것 같다는 생각에 이곳으로 바로 달려온 것이다. 효빈은 준우 눈앞에 성적표를 펼쳐 보이며 자랑스레 외쳤다.

　"1등이야, 1등! 믿기지 않아!"

　"열심히 하더니, 역시 유전자의 힘은 대단하구나."

　준우는 애써 밝은 표정으로 응수했다.

　"그런가 봐. 나한테도 예지력이 있나 봐. 모르는 건 다 찍었는데 찍은 게 다 맞았어. 와하하 하하핫."

　효빈이 기쁨을 주체 못 하고 엄청 좋아하는데, 하……, 준우의 눈에서 결국 눈물이 터지고야 말았다.

　"어……? 그렇게 기뻐? 울 정도로?"

　효빈이 활짝 웃으며 물었다. 그런데 어라……, 준우의 표정은 기뻐서 우는 표정이 아니었다. 눈물을 꾹꾹 참는데 뭔가 분한 표정이었다. 효빈은 그제야 눈치를 챘다.

　"아, 미안……."

　"아냐, 네가 1등 해서 기뻐. 근데, 나 2등은 첨이라……."

　참으려 해도 또 눈물이 흘러나왔다.

"미안."

준우가 소매로 얼른 눈물을 훔치는데 효빈이 앉아 있는 준우를 살포시 안아 다독였다. 효빈은 속삭이듯 나직이 이야기했다.

"바보, 1등은 너야."

두근! 너무 가깝다!

준우의 심장이 터질 것 같이 마구 두근두근했다.

"나한텐 네가 언제나 1등이야."

효빈은 준우를 안고 있던 팔을 풀어 준우를 떼어냈다. 그러고는 준우의 눈을 똑바로 바라보며 이야기를 이어갔다.

"난 반도 더 찍었어. 네가 매일 먹이는 딸기우유 덕분이야."

준우는 자신도 모르게 웃음이 픽, 터졌다.

"어, 웃었다!"

효빈이 기뻐 활짝 웃었다. 준우의 심장이 또 쿵 내려앉았다.

'큰일이다. 안경 쓴 모습에서도 두근두근했어! 설마 심혈관 질환? 아니라면 이거, 심각한데!'

준우의 심장과 머리가 대혼란인 상황에 갑자기 휴대폰 메시지 알림 소리가 났다.

준우는 감정을 가라앉힐 겸 얼른 휴대폰을 꺼내 메시지를 확인했다. 효빈 이모였다.

[안녕? 내일 효빈이 생일인데 재판 때문에 지방에 가야 해서 챙겨줄 수가 없네. 미안하지만 부탁해—.]

　같은 시각, 지수는 교실 뒷문에 몸을 반만 걸치고 복도 양쪽 망을 보고 있었다. 교실 안에서 나경과 보영이 효빈의 책가방을 뒤지고 있었기 때문이다. 대체 무슨 공부를 어떻게 했기에 전교 1등을 한 건지 도저히 이해할 수 없어 뒤져보았다. 과연 비법은 있었다. 효빈의 책가방에서 나온 과목별 요약 노트를 펼쳐보던 나경과 보영은 경악을 금치 못했다.

　“와—, 이것 봐. 여기서 이번 시험 다 나왔어.”

　“헐……, 이건 뭐, 아트를 넘어 점쟁이네……. 돗자리 깔아도 되겠어.”

　나경은 준우가 어떻게 그렇게 공부를 잘하는지 알 것 같았다. 옛말에 무능한 사냥꾼은 온 산을 헤매지만 유능한 사냥꾼은 길목만 지킨다더니 준우가 딱 그랬다. 그러나 이어진 보영의 다음 말은 인정하고 싶지 않았다.

　“준우가 효빈이 진짜 많이 좋아하나 보다. 이런 정성을.”

　심기가 불편해진 나경은 노트를 덮으며 싸늘하게 반박했다.

　“요약하면 자기 공부도 되잖아. 자기 공부하며 만들어줬겠지.”

"그건 그러네."

나경의 정색에 보영도 대충 동의해줬다. 사람은 정곡을 찔리면 더 예민하게 반응하는 법이다. 자기 공부도 된다는 건 틀린 말이 아니니 괜히 더 자극할 필요가 없었다. 이때 망을 보고 있던 지수가 두 사람을 향해 소리쳤다.

"온다! 얼른 정리해!"

나경과 보영은 놀라 허겁지겁 노트들을 다시 효빈의 책가방에 집어넣었다. 그러다 가방 안의 묵직한 무언가가 나경의 눈에 띄었다.

"응? 뭐지?"

준우는 교실에 들어오자마자 나경과 지수, 보영의 자리로 갔다. 효빈도 따라갔다. 어느새 자기 자리에서 책을 보는 척하고 있던 세 사람은 무슨 일이냐는 듯 시치미 뚝 떼고 준우를 쳐다봤다.

"내일이 효빈이 생일인데, 오랜만에 단합대회 겸 축하 파티 어때?"

기껏 유지하던 나경의 평정심이 깨어졌다. 나경의 굳은 표정에 지수와 보영도 눈치가 보여 대답을 못 하고 있는데 효빈이 먼저 준우를 말렸다. 나경의 안색이 심하게 안 좋아 보였기 때문이다.

"괜찮아. 생일이 뭐 별거라고 매일 같이 점심 먹는데 또 모여."

그런지도 모른다. 생일이 일 년에 한 번뿐이라곤 하지만 일 년에 한 번밖에 없는, 그런 날은 명목만 달리해 매년 많이 있으니 말이다. 준우도 수긍하는 것 같았다.

"그런가? 그럼 우리 둘이 조촐히 할까? 마침 토요일이니 공부 하루 쉬고,"

이때 나경이 준우의 말을 자르며 바로 끼어들었다.

"케이크는 우리가 준비할게!"

지수와 보영이 걱정스러운 눈으로 나경을 쳐다봤다.

"아냐, 괜찮아. 부담 갖지 마."

효빈도 사양했다. 그러나 준우는 흔쾌히 받아들였다.

"고마워!"

효빈이 난감해하는데 어느새 수업 시작종이 울렸다. 그러자 준우는 뒤도 안 돌아보고 바로 자기 자리로 갔다. 효빈은 마음에 걸려 계속 나경을 돌아보며 마지못해 자리로 갔다. 두 사람이 가버리자 지수가 조심스레 나경에게 물었다.

"괜찮아?"

"정말 가게?"

보영 역시 걱정했다. 나경은 의미심장한 눈빛으로 답했다.

"단둘이 데이트하는 꼴을 지켜볼 순 없잖아."

◆ ◆ ◆

그날 새벽, 준우는 잠이 오지 않아 침대에서 뒤척였다. 비밀 장소에서 자신을 살포시 안아주던 효빈 모습과 플라네타륨에 감동해 안경을 벗고 눈물을 닦던 효빈 모습이 번갈아 떠올라 잠을 이룰 수 없었다. 심장이 세차게 뛰었다. 손바닥으로 지그시 가슴을 눌러도 봤지만 진정이 되기는커녕 손까지 두근거림이 전해졌다.

준우는 결국 잠들기를 포기하고 일어나 불을 켰다. 그러고는 교복 주머니에서 구겨진 성적표를 꺼내어 펼쳐 봤다. '2'라는 숫자를 다시 한번 보면 이성을 찾을 수도 있을 것 같았다. 하지만 웬걸. 이제는 '2'라는 숫자가 싫지 않았다. 십여 년간 1등만을 당연시하며 살아왔는데, 그 1등이 김효빈이라면 2등도 나쁘진 않다는 생각에 엷은 미소까지 지어졌다. 아니, 1등을 했을 때보다 오히려 지금이 더 뿌듯했다. 심지어 시간을 돌려받아야 한다는 목적보다는 효빈의 미래를 위해 스터디에 더 박차를 가해야겠다는 결심까지 들었다.

준우는 나 자신보다도 더 중요하다고 생각되는 사람이 있다는 자체가 신기하면서도 가슴 벅찼다. 날이 밝아올 무렵까지 그런 생각들을 거듭하던 준우는 마침내 노트북을 열고 전원을 켠 후 심호흡을 했다. 그렇게 마음을 최대한으로 진정시키고 이내 결심한 듯 미래의 나에게 메일을 쓰기 시작했다.

더 좋은 방법을 찾은 것 같습니다. 효빈이와 매일, 매 순간을 함께하면 됩니다. 효빈이를 좋아합니다. 결혼해 같은 집, 같은 직장에서 함께하면 빼앗기는 시간은 거의 없을 거로 생각됩니다.

준우는 보내기를 클릭했다. 그제야 속이 시원해졌다.
"역시……, 자신에게 솔직한 건 좋은 일이야."
준우는 만족스러운 얼굴로 노트북을 닫으려 했다. 그런데 순간 어떤 생각 하나가 머릿속을 스쳤다. 과거로 메일을 보내는 기술이 근미래에 발명될 리는 없었다. 그렇다면 미래의 나는 이미 결혼을 했을 확률이 매우 높았다. 준우는 처음 받았던 메일을 다시 열어봤다.

이름이 기억나지 않아 오래된 졸업 앨범을 들춰봐야 했지만 그 애 얼굴은 분명히 기억나 찾기 어렵진 않았어.

이 부분이 마음에 걸렸다. 이름이 기억나지 않을 정도면 아무 사이 아니라는 건데……. 준우의 마음이 불안해지기 시작했다.

07

아싸 탈출

효빈의 생일. 그날 오후 다섯 멤버는 빙수 카페에 둘러앉아 조촐한 생일 파티를 했다. 테이블 위에 빙수와 음료들을 시켜 놓고 중앙엔 케이크 상자를 놓아두었는데, 상자만 봐도 고급 호텔의 케이크라는 게 단번에 느껴졌다. 나경이 상자를 열어 케이크 자태가 드러나자 역시나 모두들 감탄하지 않을 수 없었다. 고급스러운 2단 초콜릿 케이크가 먹기 아까울 정도의 세련미와 풍미를 자아내고 있었다.

"와……."

효빈의 눈이 휘둥그레졌음은 물론이고 준우는 자기도 모르게 휘유―, 휘파람까지 불었다. 나경은 일어나 효빈의 나이대로 17개의 초를 꽂고 불을 붙였다. 지수와 보영이 이를 도와주며 슬쩍 물었다.

"진심임?"

"먹어도 돼? 이상한 거 넣은 거 아니지?"

나경은 쓸데없는 소리 말라는 듯 팔꿈치로 보영을 툭 쳤다.

그런데 갑자기 흑, 하며 효빈이 눈물을 터트렸다. 다들 왜 그러나 싶어 효빈을 쳐다보는데 효빈이 눈물을 닦으며 이야기했다.

"미안. 어린이집 이후로 처음이야. 친구들이랑 생일 파티한 거."

더 정확히는 엄마가 돌아가신 후 처음이었다. 그러나 그런 사정까진 알 리 없는 보영이 어이가 없다는 듯 물었다.

"초등학교 때부터 아싸였어?"

"역사 깊은 아싸네."

지수도 보영의 말을 거들었지만 내심은 짠했다. 그렇게 잠시들 숙연해지는데 나경이 치고 나왔다.

"울 거 뭐 있어. 친구들이랑 안 해본 게 잔뜩 있다는 건 좋은 거야. 우리랑 하는 건 뭐든 처음일 테니 말이야."

"나경이 말이 맞아. 우리 다섯, 앞으로 더 많은 추억 만들자."

준우도 효빈을 위로했다.

"응"

효빈이 밝게 웃었다.

"얼른 꺼. 초 다 타겠다."

준우의 재촉에 효빈은 자리에서 일어나 후— 불어 촛불을
껐다. 모두 축하의 박수를 쳤다. 나경은 물개 박수에 이어 전
광석화처럼 일어나 효빈이 초를 빼는 것을 도왔다. 그 모습에
지수와 보영은 자기들끼리 쑤군거렸다.

"태세 전환이, 헐……. 징조라도 보이고 할 것이지."

"노노노. 나경이 몰라? 뒤통수 치기 위한 도움닫기임. 얼마
나 세게 치려 저러는지 짐작도 안 간다."

보영의 분석에 지수는 왠지 오싹해졌다. 당연히 그럴 수도
있겠다 싶었다. 그렇지 않다면 나경이 제정신이 아닐 것이다.
나경의 평소 심리 상태와 오늘 행동의 괴리감이 너무 컸기 때
문이다.

그러나 이게 끝이 아니었다. 케이크의 초를 다 빼자 준우가
일어나 효빈에게 선물을 줬다. 그런데 나경 역시 선물을 준비
했다며 효빈에게 건넸다.

"케이크 해왔는데 뭘 선물까지."

효빈이 미안함과 고마움에 어쩔 줄 몰라 했다. 그러자 나경

이 한마디 덧붙였다.

"우리 셋이 같이 준비한 거야."

지수와 보영은 금시초문이라는 듯 서로의 얼굴을 바라보았다. 진짜로 금시초문이었다.

"고마워."

효빈은 마음 깊이 진심으로 나경과 지수, 보영에게 감사를 표했다.

저녁이 돼서야 집으로 돌아온 효빈은 들어오자마자 선물들부터 풀어보았다. 오늘은 생일이라 특별히 스터디도 하루 쉬는, 말 그대로 휴일이었다. 효빈은 나경과 친구들이 준 선물부터 포장을 풀었다. 교복 위에 입을 만한 노란색 맨투맨 티셔츠였다.

"예쁘다……."

다음으로 준우의 선물을 풀어보았다. 선물을 확인한 효빈의 입에서 헉, 소리가 절로 나왔다. 탁상용 액자에 준우 자신의 독사진을 넣어 선물한 것이다.

"어떡하라는 거지?"

이런 생일 선물은 상상도 못 했던 효빈은 잠시 당황했지만 사진을 자세히 보다 보니 입가에 미소가 번졌다. 당연히 잘 나온 사진으로 골랐겠지만 인물을 떠나 효빈이 좋아하던 준우의 느낌이 제대로 담긴 사진이었다. 투명한 바다를 배경으로 눈부신 햇살 아래 활짝 웃는 모습에서 평소 주변의 공기까지 따뜻하고 행복하게 만드는 준우의 느낌이 그대로 살아났다. 효빈은 가족사진 액자들이 놓인 테이블 위에 준우의 사진을 나란히 두었다. 제법 잘 어울렸다. 효빈의 얼굴에 또 한 번 미소가 피어올랐다. 마음에 꼭 드는 선물이었다.

같은 시각, 준우는 자기 방에서 노트북으로 메일을 확인하고 있었다. 새로운 메일이 도착했다는 알림이 울리진 않았지만 혹시나 싶어 메일함을 열어본 것이었다. 준우의 불안이 조금 더 커졌다. 미래의 나로부터 이렇게까지 답장이 늦은 적이 없었기 때문이다.

◆ ◆ ◆

월요일 아침. 금강고등학교 앞은 등교하는 아이들로 활기에 넘쳤다. 효빈은 교복 위에 나경과 친구들이 선물한 노란색 맨투맨 티셔츠를 입고 등교했다. 밝은색이 낯설긴 했지만 준우도 밝은색 옷을 입어보라고 조언한 적이 있었고, 무엇보다도 친구들의 정성이 고마워 용기를 내 입은 것이었다.

효빈은 평소처럼 구석에서 움츠려 걸었다. 그런데 누군가 효빈의 어깨를 가볍게 툭 쳤다. 효빈은 자신이 또 지나치던 학우와 어깨를 부딪친 건가 싶어 깜짝 놀랐지만 효빈의 어깨를 친 여학생은 반갑게 효빈에게 인사를 건넸다.

"효빈아, 안녕!"

"어……."

효빈은 당황해 어색히 인사를 받았다. 처음이었다. 등굣길에 누군가 먼저 인사해준 건. 그런데 이때 남학생 하나도 효빈에게 다가와 역시 반가이 인사했다.

"안녕!"

"어……, 안녕……."

두 사람이 양옆에서 같이 걷자 효빈은 내심 어쩔 줄 몰라 했지만 그런 심리 상태를 알 리 없는 여학생이 다시 말을 걸었다.

"너 학원 어디 다녀?"

"학원……?"

"어떻게 그렇게 성적이 오른 건지 궁금해!"

"나도 비법 좀 알려줘."

남학생까지 덩달아 가세했다. 효빈은 당황했다. 뭐라고 반응해야 할지 당혹스럽고 난감하기만 한데 남학생이 이야기를 계속했다.

"진짜 대단해. 덕분에 희망 얻었어."

희망……? 효빈의 마음이 순간 무장해제가 되었다. 늘 없는 듯이 살아왔던 자신이 누군가에게 뭔가 좋은 영향을 주었다는 게 쑥스러우면서도 왠지 뿌듯했다. 처음 느껴보는 감정이었다.

효빈의 얼굴에 자기도 모르게 미소가 번지는데 또 다른 여학생이 효빈에게로 다가와 인사했다.

"효빈아!"

"어, 안녕."

이번에는 효빈도 별로 당황하지 않은 채 반갑게 인사했다. 그렇게 점점 더 많은 친구가 효빈 주위로 몰려들었다.

친구들과 함께 교실로 들어오던 효빈의 눈이 휘둥그레졌다. 효빈과 눈이 마주친 나경과 지수, 보영이 먼저 가볍게 손을 들어 인사했다.

"하이—!"

"하이—!"

"하이—!"

효빈의 눈에 눈물이 핑 돌았다. 나경과 지수, 보영이 효빈과

색깔만 각각 다른 똑같은 맨투맨 티셔츠를 입고 있었다. 효빈과 같이 등교해 들어온 여학생이 피식 웃으며 효빈에게 한마디 했다.

"뭐야, 너희들 친하다고 티 내냐?"

효빈은 눈물이 그렁한 눈으로 세 사람에게 인사했다.

"하이—."

효빈이 자리에 와 앉으니 이번에는 수학 문제집을 풀고 있던 뒷자리 여학생이 효빈의 등을 콕콕 찔렀다.

"효빈아, 이거 어떻게 풀어?"

"아, 이거…….."

마침 준우가 풀어줬던 문제라 효빈은 바로 자신 있게 알려줄 수 있었다. 그런 효빈을 바라보며 지수가 나경에게 물었다.

"왜 우리까지 이런 걸 입어야 해?"

"대체 무슨 엄청난 계략이기에."

보영도 몸서리를 쳤다. 그러나 나경은 짧게 한마디만 했다.

"시끄러워—."

준우는 효빈이 교실로 들어오는 모습을 자리에서 흐뭇한 얼굴로 지켜보고 있었다. 여럿이 같이 교실에 들어오는 것부터 시작해 준우가 인사를 건넬 틈조차 없을 정도로 어느새 인싸가 되어버린 효빈의 모습에 준우는 보람과 기쁨을 느꼈다. 아싸 탈출 프로젝트를 기획했던 사람으로서, 그리고 효빈을 좋아하는 사람으로서 말이다.

그러나 이런 느낌도 잠시, 메일이 도착했다는 휴대폰 알림이 울렸다. 준우는 얼른 확인했다. 실망스럽게도 스팸메일이었다.

"늦네, 정말."

준우는 걱정스레 중얼거렸다. 미래의 내가 혹시 죽었나 하는 생각까지 들었다.

08

미래의 나에게서 온 답장

　오늘도 준우와 효빈은 학원을 마치고 바로 효빈의 집으로
와서 스터디를 시작했다. 거실의 넓은 테이블에 마주 앉아 자
정까지 계속되는 스터디는 처음에는 준우가 효빈을 지도해주
는 시간이 많았지만 요즘 들어 효빈도 알아서 잘하고 있기에
각자의 공부를 하는 시간이 더 많아졌다. 그렇게 12시까지 같
이 혹은 각자 공부를 한 후 준우가 마무리 숙제를 내주고 가면
공식 스터디는 끝이 나고, 효빈은 새벽까지 숙제를 하는 하루
하루가 이어지고 있었다.

　한창 공부하던 준우가 이상한 느낌에 고개를 들어보니 효빈
이 꾸벅꾸벅 졸고 있었다.

"훗—."

준우는 책상을 톡톡 두드렸다.

효빈이 바로 놀라서 깼다. 효빈은 웃고 있는 준우를 보고는 무안해 머리를 긁적였다.

"아, 졸았네……."

"스트레칭이라도 해."

"졸릴 땐 그럴 의욕도 안 나."

"그럴수록 해야 잠이 깨지."

"오늘은 여기까지만 하면 안 돼?"

"안 돼. 아직 11시도 안 됐어. 다른 사람 쉬고 있을 때 공부하고, 다른 사람 공부하고 있을 때 공부하는 게 공부야."

준우의 단호한 태도에 효빈은 포기하고 기지개를 켜며 일어났다.

"아함……. 매일 12시까지 공부에 숙제는 그야말로 수면 부족과 직결이라고."

억지로 일어나 베란다 창가 쪽으로 가는 효빈을 눈으로 좇던 준우의 시야에 테이블 위 액자가 들어왔다. 부모님과 함께 찍은 사진들 옆에 자신이 생일 선물로 준 액자도 놓여 있었다. 준우는 내심 기분이 좋았다. 자신의 선물을 저 자리에 놓아줄 줄은 몰랐다.

미소를 띤 채 사진들을 훑어보던 준우는 문득 효빈 부모님이 궁금해졌다.

"너희 부모님은 어떤 분들이셨어? 어떻게 만나고 결혼하셨대?"

"우리 부모님?"

귀찮음에 대충 어기적어기적하며 스트레칭하던 효빈의 눈이 순식간에 반짝였다.

"응, 사진만 봐도 두 분 무척 사랑하는 사이였구나 하는 게 느껴져."

효빈은 잠이 깼는지 어느새 초롱초롱해진 눈으로 부모님 이야기를 시작했다.

"초등학교 1학년 때 엄마가 갑자기 돌아가셔서 두 분의 연애 얘기를 자세히 들을 기회는 없었지만 이모가 말해줬어."

"이모님이?"

"응."

19년 전, 당시 27세였던 효빈의 엄마는 효빈 외가 쪽에서도 예지력이 제일 뛰어났다. 그래서 그 기를 발산하면서 학비도 벌 겸 방배동 카페 골목에 있는 사주 카페에서 일주일에 한 번씩 아르바이트를 했다. 일은 간단했다. 사주를 보려는 손님들의 미래를 예측해주는 것이었다. 대학 병원 레지던트를 하던 시절이라 바쁘긴 했지만 하루가 25시간인 덕에 가능한 아르바이트였다.

그날도 효빈 엄마는 시간을 내 아르바이트 장소로 향했다. 효빈 엄마가 일하는 사주 카페는 지하 1층에 있었다. 그날따라 출근이 다소 늦은 효빈 엄마는 급한 걸음으로 계단을 내려와 문을 열고 들어섰다.

그런데 들어서자마자 손님이 잠시 자리를 비운 테이블 하나가 효빈 엄마 눈에 바로 들어왔다. 자리엔 아직 음료가 나오지 않았지만 의자에 코트가 걸려 있는 것으로 보아 잠시 비운 자리임을 알 수 있었다. 효빈 엄마는 그대로 얼어붙은 듯 멈춰서서 의자의 코트를 가만히 바라보았다. 신기하게도 효빈 엄마는 의자에 걸쳐 있는 코트를 보고 자신이 곧 사랑에 빠질 것이라는 걸 알아챘다. 가슴이 두근거렸다. 이상하게 들릴지도 모르겠지만 코트만 보고도 좋아하게 돼버린 거다.

효빈 엄마는 자신의 자리에 앉아 사주책을 펴놓고 코트 주인이 들어오기를 기다렸다. 그러나 다시 자리로 돌아온 효빈 아빠는 주문한 커피만 마실 뿐 사주를 볼 생각이 없어 보였다. 효빈 엄마 쪽은 아예 쳐다보지도 않았다.

효빈 아빠는 당시 29세로 대학원 박사 과정을 밟던 중이었다. 결국 효빈 엄마는 더 이상 못 기다리고 벌떡 일어나 효빈 아빠에게로 먼저 다가갔다. 효빈 아빠가 운명의 사람임을 확신했기 때문이다.

효빈 엄마는 효빈 아빠가 거절하는데도 막무가내로 사주를 봐주었다. 그러나 이내 효빈 엄마의 얼굴이 어두워졌다. 효빈 아빠의 사주가…… 명이 너무 짧았다. 효빈 엄마가 뭐라고 말해줘야 할지 몰라 하는데 뜻밖에도 효빈 아빠가 웃으며 먼저 얘기했다.

"표정을 보니 정말로 사주를 볼 줄 아시는 분인가 보네요. 감사합니다."

효빈 아빠는 복채를 내고 일어나 코트를 집어 들고 나갔다. 당황한 효빈 엄마는 복채는 필요 없다는 말도, 나가는 효빈 아빠를 잡지도 못했다. 일찍 죽을 사람을 사랑하게 된다는 게 두려웠던 것이다.

그러나 얼마 지나지 않아 두 사람은 효빈 엄마가 레지던트로 일하는 병원에서 재회했다. 진료를 받고 나가던 효빈 아빠를 효빈 엄마가 발견한 것이다. 내내 효빈 아빠에 대한 생각을 떨치지 못했던 효빈 엄마는 진료 기록을 통해 효빈 아빠가 왜 병원에 왔는지, 무슨 병을 앓고 있는지를 확인한 후 효빈 아빠가 사라진 방향으로 급히 달려나갔다.

효빈 엄마는 효빈 아빠를 찾아 근처 약국을 모두 헤맸다. 두 번 다시 놓치고 싶지 않았다. 그러다 어느 약국에서 처방받은 약을 건네받는 효빈 아빠를 발견했다. 약국에서 나오던 효빈 아빠는 의사 가운을 입은 효빈 엄마를 발견하고는 크게 놀랐다. 효빈 아빠도 그날 이후 효빈 엄마를 생각하고 있었던 것이다. 효빈 엄마는 눈물을 글썽이며 엷은 미소를 보냈다. 그렇게 두 사람은 다시 만났다.

"아빠는 병 때문에 결혼을 망설였지만 엄마가 설득해 결혼에 골인하고 그래서 태어난 게 나야."

"아버진 무슨 병이셨어?"

준우의 질문에 효빈은 잠시 망설이는 듯싶더니 스터디 테이블로 다시 돌아와 앉았다. 그러고는 애써 아무렇지 않은 척 답했다.

"희귀병인데, 마흔을 넘기기 힘들다는 진단을 받고 믿기지 않아 사주 카페에 가셨대. 근데 차마 사주 볼 용기가 안 나 커피만 마시고 나오려던 아빠를 엄마가 알아본 거지."

효빈은 괜히 더 씩 웃어 보였다.

"어머니 대단하시다. 코트만 보고도 운명을 느끼시다니."

"이모가 그러는데 엄마 예지력은 다 엉터리래. 본인이 의사니까 꼭 오래 살게 할 거라고 큰소리쳤는데 그런 아빠보다 본인이 먼저 죽었다고. 본인 명 짧은 것도 몰랐다고."

"어머닌 왜 돌아가셨는데?"

"사고. 한밤중에 응급실에서 호출이 와서 급히 가시다가⋯⋯."

효빈이 말끝을 흐리며 침울한 표정을 지었다. 그 모습에 준우는 캐물은 것이 미안해졌다.

"아마 두 분 모두 하늘에서 널 지켜보고 계실 거야. 이번에 전교 1등 한 것도 아실걸."

그러자 효빈이 금세 피식 웃었다.

"그러니 더 열심히 해야지. 자―, 다시 공부 시작."

"너무해!"

"다음 시험은 찍지 말고 1등 해야지."

"그건 불가능해."

효빈의 엄살에 준우는 웃으며 자리에서 일어났다.

"콜라 마실 건데, 딸기우유 갖다 줄까?"

"응."

주방으로 향하는 준우의 뒷모습을 바라보는 효빈의 눈에는 고마움의 빛이 가득했다. 효빈은 자신의 부모님에 관해 물어준 준우가 고마웠다. 가슴속에만 담아둔 부모님 이야기를 누군가

와 나누고 나니 왠지 마음이 한결 가벼워진 기분이 들었다.

　냉장고 안엔 으레 딸기우유들이 가득했다. 준우가 딸기우유와 콜라를 꺼내려 하는데 휴대폰 메일 알림이 울렸다. 준우는 냉장고 문을 닫고 메일부터 확인했다. 드디어 답장이 도착했다! 미래의 나로부터.

　준우는 얼른 메일을 열어보았다.

　이 답장을 쓰기까지 많은 망설임이 있었다. 김효빈과의 결혼은 미래를 바꾸는 일이야. 그러지 말아주길 바라.

　시작부터 당혹스러웠다. 그러나 정말로 충격적인 건 다음 문장이었다.

　김효빈은 서른셋에 병으로 죽어.

　준우는 자기도 모르게 스르르 주저앉았다. 다리에 힘이 빠져 서 있을 수가 없었다.

　안타깝지만 어떻게 구해줄 수가 없는 운명이야. 아버지로부터 유전된 병이니.

이때 효빈의 재촉하는 목소리가 들려왔다.

"뭐 해? 딸기우유 만들러 공장까지 갔어?"

"……."

준우는 겨우 정신을 차려 일어났다.

준우가 창백해진 얼굴로 빈손으로 주방에서 나오자 효빈이 의아해 물었다.

"딸기우유는?"

준우는 대답 대신 책을 덮으며 자기 할 말만 했다.

"오늘 공부는 이만하자."

"어디 아파? 안색이 안 좋아."

"어, 머리가 좀."

"응……."

좀 전만 해도 멀쩡했던 준우가 왜 저러는 건지 모를 일이었지만 효빈은 일단 준우가 하자는 대로 따랐다. 정말 아파 보여 이것저것 묻기도 눈치가 보였다. 준우는 가방을 챙기다 가방 안 내용물들을 떨어뜨렸다. 효빈이 주워줬지만 준우는 건네받다 다시 떨어뜨렸다. 손이 떨렸기 때문이다.

"안 되겠다. 내가 데려다줄게."

"혼자 갈 수 있어. 11시 넘었어."

"……."

"얼른 자. 수면 부족이라며."

준우는 가방을 메고 급히 현관으로 향했다. 효빈도 따라갔다. 그런데 무슨 생각에선지 준우가 신발을 신다 말고 후다닥 주방으로 들어갔다. 효빈으로서는 영문 모를 일들의 연속이었다.

효빈이 주방으로 들어가 보니 준우가 굳은 얼굴로 냉장고에서 딸기우유들을 꺼내고 있었다. 준우는 냉장고 안 딸기우유들을 자기 가방에 모두 눌러 담았다. 책이 가득한 데다 딸기우유들까지 잔뜩 넣으니 가방 지퍼가 다 닫히지 않을 정도였다.

"뭐 해?"

"딸기우유 압수야."

"왜?"

"경고하는데, 앞으로 딸기우유 먹지 마. 딸기우유 마시면 우리 우정도 끝이야."

"에?"

준우는 당황스러워하는 효빈을 남겨두고 그 어떤 설명도 없이 쌩하니 나가버렸다. 효빈이 냉장고를 열어보니 딸기우유가 하나도 남아 있지 않았다. 준우의 급작스러운 행동에 효빈은 놀라기도 했지만 이내 슬퍼졌다.

"······."

딸기우유들이 삐져나온 가방을 메고 걸어가는 준우 역시 슬프긴 마찬가지였다. 준우는 땅이 꺼져라, 한숨을 쉬며 미래의 자신에게서 온 메일의 마지막 당부를 떠올렸다.

그러니 김효빈과 함께 있을 땐 시간이 건너뛰지 않는 이유만 알아내도록 해. 김효빈 없이도 시간을 뺏기지 않도록. 그것이 네가 바꾸어야 할 유일한 미래야.

09

준우의 선택

일찍 등교한 효빈이 나경과 지수, 보영을 비롯한 여학생들의 수다에 어울리고 있었다. 예전이라면 상상도 할 수 없는 광경이었지만 이제는 효빈이 아이들과 함께 있는 모습은 꽤 자연스러운 일상이었다.

곧이어 막 등교한 준우가 교실로 들어왔다. 효빈은 반색했다. 어제 그렇게 돌아가고 전화도 카톡도 받지 않아 걱정한 탓에 효빈은 잠까지 설쳤다. 효빈은 준우와 눈이 마주치기를 기다렸다. 하지만 친구들과 왁자지껄 즐겁게 들어오던 준우는 효빈을 보자마자 표정이 바로 굳었다.

"안녕?"

효빈이 먼저 인사를 건넸다. 그러자 잠시 머뭇거리던 준우는 평소처럼 웃으며 답했다.

"어."

대꾸를 끝내자 준우의 얼굴에서 금세 웃음이 사라졌다. 준우는 덤덤히 자리로 가 앉았다. 뭔가 모를 냉랭한 기운에 효빈은 좀 서운하긴 했지만 그래도 이제는 안 아파 보여 다행이라고 생각했다. 이상한 낌새를 제대로 느낀 건 오히려 나경이었다. 나경은 그동안 한 번도 본 적 없는 준우의 영혼 없는 인사에 두 사람 사이가 뭔가 잘못되어 가고 있음을 느꼈다.

아니나 다를까, 점심을 먹으면서도 준우는 말이 없었다. 효빈도, 나경도, 지수와 보영도 모두 준우 눈치를 보느라 아무 말도 못 하고 밥만 먹었다. 식사가 다 끝나갈 무렵, 준우가 드디어 먼저 입을 열었다.

"저기 말이야, 이제 다섯 멤버 모이는 거 그만하자."

모두가 당황스러워하는 와중에도 준우는 대수롭지 않다는 듯 이야기를 계속했다.

"모임 취지대로 이제 효빈이도 아싸 탈출했고, 나도 너무 여자애들하고만 어울리는 것 같고, 이제 서로 자유롭게, 편하게 지내자. 응? 너희도 여자들끼리 다니는 것처럼 나도 남자애들하고도 놀고 싶다고."

갑작스러운 모임 해체 선언에 다들 어이가 없다는 표정이었다. 하지만 웃으며 부드러운 목소리로 이유까지 확실히 말하니 거절하기도 힘든 분위기였다.

이에 나경이 더 열받아 한 소리 했다.

"모일 땐 그 목적으로 모였지만 이제 우리 친구 아냐? 친구에 남녀 따지냐?"

"축구나 농구를 같이해주진 않잖아."

준우도 지지 않고 대꾸했다. 그러고는 싱긋 웃으며 효빈에게로 고개를 돌렸다.

"괜찮지?"

"응……."

"그리고 학원이랑 공부도 말이야, 이제 청출어람이니 각자 도생하자. 다른 사람 공부까지 신경 쓰다 보니 좀 힘드네."

"……응, 그동안 고마웠어."

일방적으로 다가오고, 일방적으로 도와주고, 이제는 또 일방적으로 그만하자고 하는 게 효빈은 서운하고 이해되지 않았지만 굳이 잡고 싶진 않았다.

효빈의 깔끔한 대답에 준우는 마음이 가벼워졌는지 금세 또 미소를 지으며 답례했다.

"별말씀을. 서로에게 도움 된 거니 그런 생각 하지 마."

"너 효빈이가 시험 더 잘 봤다고 복수하냐? 찌질하게."

상상도 못 했던 준우의 무책임하고 능글맞은 꼬락서니를 가만히 참고 있을 나경이 아니었다. 그러나 준우는 당황하기는커녕 품―, 웃음을 터트렸다.

"들켰네."

이어 준우는 효빈에게 당부하듯이 말했다.

"효빈아, 이젠 너 하고 싶은 거 해. 공부가 전부도 아니고, 나 따라 생각해본 적도 없는 과학도의 길을 걸을 필요 없어. 그냥 너 하고 싶은 거 해. 네 인생이니까."

최대한 가볍게 말하려 애썼지만 준우는 그 어느 때보다도 진심이었다. 효빈의 남은 시간들을 공부에 매달리게 한 게 진심으로 미안했다. 준우의 그런 속내를 알 리 없는 효빈은 아무 말도 할 수 없었다. 오히려 지켜보던 나경이 기가 막힌다는 듯 또 한소리 했다.

"이젠 공부하지 말라고 약까지 파네. 비겁한."

준우는 다시 품―, 웃음을 터트렸다. 이 상황을 순순히 받아들이는 효빈보다는 비난하는 나경 덕분에 준우의 마음이 덜 무거웠다. 준우는 능청스럽게 웃어 보였다. 더 이상 효빈의 시간을 뺏지 않기로 한 건 준우가 할 수 있는 최선이었다.

◆ ◆ ◆

주말에 효빈 이모가 반찬들을 챙겨주기 위해 효빈의 집을 찾았다. 효빈은 이모에게 더 이상 준우와 함께 공부하지 않는 다며 이모가 준우에게 줬던 신용카드를 돌려줬다.

"난 어차피 이모가 준 카드 있으니까, 이건 이제 필요 없을 것 같아."

이모는 내심 적잖이 놀랐다. 요 며칠 둘이 스터디를 하고 있지 않아 의아하긴 했지만 이렇게 완전히 끝냈을 거라고는 짐 작하지 못 했다. 처음 시작할 때 준우의 각오가 대단했기 때문 이다. 그러나 이모는 이미 풀이 잔뜩 죽어 있는 효빈이 더 가 라앉지 않도록 대수롭지 않은 듯 받아들였다.

"그래? 그런 줄 알았음 반찬 반만 해올 걸 그랬네."

효빈 이모는 만들어온 반찬들을 냉장고에 차곡차곡 넣기 시 작했다.

"미안⋯⋯."

"네가 미안할 건 없지."

냉장고에 반찬을 다 넣은 이모는 식탁에 앉아 있는 효빈에 게로 가 마주 앉았다.

"근데 이상하다. 너한테 분명 좋은 영향을 끼칠 아이 같았는데."

이모의 말에 효빈은 잠시 망설이다 속내를 털어놓았다.

"엄만 엉터리가 아니었어. 엄마 말대로 정말 운명의 사람은 있었어. 그 애랑 같이 있으면 시간이 빨리 가. 신기하게도 1분이 60초가 돼."

"어머, 정말? 난 걔랑 있어도 62.5초였는데. 아, 그러고 보니……."

이모는 순간 준우가 처음 효빈의 집에 왔던 날이 떠올랐다. 오랜만에 들은 효빈의 피아노 연주는 감격스러울 정도로 훌륭했지만 살짝 느리게 느껴졌다. 그때는 단순히 효빈이 준우를 배려해 느리게 연주한 줄 알았는데 효빈 말대로라면 효빈의 시간이 준우와 같은 60초가 되어서 느리게 들렸을 것이다.

"응, 엄마도 아빠랑 같이 있을 때 1분이 60초가 되는 걸 보고 운명의 상대인 걸 확신했댔잖아."

실제로 그랬다. 효빈 엄마가 사주 카페에서 효빈 아빠에게 먼저 다가가 사주를 봐주겠다고 한 건 효빈 아빠가 운명의 상대인 걸 깨달았기 때문이다. 효빈 엄마는 효빈 아빠가 사주를 보겠다고 하길 기다리며 사주책 옆에 놓아둔 손목시계를 계속해 주시했다. 분명 빈자리였을 땐 평소처럼 62.5초에서 넘어

가던 1분이 효빈 아빠가 자리로 돌아와 같은 공간에 있게 되니 60초가 되어버렸다. 그걸 본 효빈 엄마는 운명이라는 확신을 가졌다. 덕분에 용기를 낼 수 있었던 것이다.

효빈 이모도 언니에게 들은 그 사연을 분명히 기억하고 있었다.

"맞아. 그랬었지. 너, 준우 좋아해?"

이모는 변호사답게 바로 정곡을 찔렀다. 효빈은 대답하지 못했다. 들으나 마나였다. 이모는 두 사람이 함께일 때, 박자를 맞춰야 하는 피아노 연주 외에는 효빈의 말이나 행동이 전보다 느려졌다고 느낀 적이 단 한 번도 없었다. 아니, 오히려 더 활기차고 빠릿빠릿해진 느낌이었다. 이유는 뻔했다. 좋아하는 사람과 함께이기 때문이다.

"좋아하면 이번엔 네가 다가가 봐."

"……그 애…… 아빠 병이 유전되는 병이란 걸 짐작한 것 같아. 그런데 어떻게 잡아. 엄마도…… 명이 짧은 사람을 사랑해야 한다는 게 두려웠댔잖아."

"넌 유전 안 돼. 내가 장담해. 네 명 짧지 않아. 유전된다면 나한테 그렇게 보일 리 없지."

효빈은 이모를 가만히 바라보았다. 이모의 얼굴엔 확신이 가득 차 보였다. 효빈은 입술을 달싹거렸다. 무언가 이야기하고 싶었다. 하지만 이내 그만두고 다른 얘길 했다.

"근데 이모……, 어떻게 안 걸까, 유전병이란 걸……. 눈치 못 채게 조심했는데."

아무리 생각해도 효빈은 알 수 없었다.

"설마. 네가 조심했음 어떻게 알겠어."

이모는 너무 앞선 걱정이라는 듯 단칼에 부인했다. 그러나 효빈은 힘없이 고개를 가로저었다.

"느낌이 그래……. 그것 말고는 이렇게 갑자기 멀어질 이유가 없어. 그리고……."

무엇보다도 마지막 스터디를 하던 날, 딸기우유를 가방에 잔뜩 짊어지고 가던 준우의 모습이 머리에서 지워지지 않았다.

✦ ✦ ✦

그날 밤 준우는 늦게까지 어두운 표정으로 노트북 모니터만 응시하고 있었다. 미래의 나에게 보낼 메일의 내용은 이미 정해졌는데 차마 쓸 용기가 나지 않았다. 머릿속은 정리가 되었지만 가슴이 잘 따라줄지 걱정이 되었다. 하지만 언제까지 마냥 미루고 있을 수는 없었다. 준우는 작게 한숨을 내쉬고는 마음을 굳건히 먹고 미래의 자신에게 메일을 쓰기 시작했다.

미래가 변하지 않게 효빈이와는 더 이상 인연 없이 지내겠습니다. 당신도 더 이상 잃어버린 시간에 연연하지 마시기 바랍니다.

준우는 보내기 버튼을 눌렀다. 미래의 자신이 어떤 이유로 잃어버린 시간을 찾으려 필사적인지는 모르겠지만 그 어떤 이유라 해도 효빈의 짧은 인생에서 매일 1시간씩을 뺏어오고 싶진 않았다.

같은 시각, 효빈은 잠을 청하려 불을 끄고 침대에 누워 있었다. 오늘따라 준우가 만들어준 밤하늘의 별빛들이 흐릿하다 못해 뭉개져 보였다. 눈을 감았다 다시 크게 떠도 마찬가지였다. 효빈은 속상해 중얼거렸다.

"안경을 썼는데도 왜 잘 안 보이는 거냐고……."

효빈의 눈에 눈물이 가득했다. 참으려 해도 자꾸 고이는 눈물 때문에 초점이 맞춰지지 않았다.

그렇게 한 달이 흘렀다. 준우는 평소처럼 학원 가는 버스에 올라 뒷자리에 기대앉았다. 예전 같으면 머릿속이 학습 계획으로 가득했을 준우이지만 요즘은 멍하니 창밖만 바라보고 있는 시간이 많아졌다. 정거장을 지나쳤다는 걸 깨달은 준우는 깜짝 놀라 황급히 하차했다. 정신을 차려보니 얼마나 많이 지나쳤는지 한 번도 와보지 못한 아주 낯선 곳이었다.

최근 이런 일들이 한두 번이 아니었다. 시간이 건너뛴다는 걸 인지하기 전보다 훨씬 잦게 발생했다. 더 난감한 건 이제 준우조차 구분할 수 없게 되어버렸다는 것이다. 시간이 건너뛴 건지 아니면 효빈이 생각에 멍하니 있다 그렇게 된 건지 말이다. '무기력'이라는 없던 증상이 생겼다.

택시를 타고 겨우 시간에 맞춰 들어간 강의에서도 준우는 집중이 되질 않았다. 늘 효빈이 앉던 옆자리를 괜히 한 번씩 쳐다보곤 다른 학생이 앉아 있는 모습에 쓸쓸해지기도 했다. 이제 효빈과 함께할 수 없다는 걸 해가 뜨고 지는 것처럼 당연한 일상으로 받아들여야 하는데 그게 잘 안 됐다.

강의가 끝나고 가방을 챙겨 돌아서던 준우는 순간 가슴이 철렁했다. 이젠 환영까지 보이는구나 싶었다. 저만치 뒷자리에 효빈이 보였기 때문이다. 자기도 모르게 넋을 놓고 바라보던 준우는 효빈과 눈이 마주치자 그제야 환영이 아님을 깨닫고 당황했다. 효빈도 뒷자리에서 같은 강의를 들은 것이다. 효빈도 당황한 듯싶었다. 앞자리에서 준우가 듣고 있는 건 알았지만 이렇게 눈이 마주치는 상황이 벌어질 줄은 몰랐다.

　잠시 갈등하던 준우는 어색하게 구는 게 더 이상할 것 같아 효빈 쪽으로 다가갔다. 효빈도 어색하기 싫었는지 준우에게 괜한 변명을 해댔다.

　"설명을 쉽게 잘하셔서."

　"잘했어. 나도 수학은 쭉 이 타임이니까. 앞에서 듣지 그랬어?"

　"여기가 편해."

　"그래."

　준우는 여기까지 잘 해냈다, 생각하고 마무리 인사를 하려 했다. 이때 뜻밖에도 효빈이 생각지도 못한 용기를 냈다.

　"같이 갈래?"

　준우는 내심 놀랐다. 그러나 망설이거나 대답이 늦으면 그 또한 부자연스러울 것 같아 재빨리 적당한 핑계를 댔다.

　"미안. 한 타임 더 남았어. 먼저 갈게."

　"응……."

　준우는 효빈을 남겨두고 강의실을 떠났다. 기껏 용기를 냈을 효빈이 얼마나 무안했을지 생각하니 준우의 마음도 아팠다.

　먼저 나간 준우는 위층으로 올라갔다. 준우는 학원 정문이 내려다보이는 창가에 서서 효빈이 학원에서 나가기만을 기다렸다. 효빈이 가고 나면 가려는 것이었다. 조금 기다리니 어깨가 축 쳐진 효빈이 힘없이 걸어 나왔다. 준우는 효빈의 뒷모습을 안타까운 심정으로 지켜보았다.

"바보같이……. 겹치지 말라고. 시간 뺏기 싫다고."

준우가 속상해 혼잣말하는데 메일이 도착했다는 휴대폰 알림이 울렸다. 주머니에서 꺼내 확인해보니 미래의 나에게서 온 메일이었다.

잠시 후 준우는 맥없는 얼굴로 터덜터덜 학원 정문을 빠져나왔다. 머릿속이 복잡했다. 미래의 나에게서 온 메일 내용 때문이었다. 첫 문장을 읽으면서부터 준우는 혼란에 빠졌다.

자세히 알려줄 순 없지만 난 시공간을 넘나드는 극비 프로젝트의 성공을 목전에 두고 중병을 얻어 시한부 인생을 선고받았어.

미래의 내가 메일을 보낸 건 분명 중대한 이유가 있을 거라고 짐작은 했지만 이런 엄청난 일일 거라고는 상상 못 했다. 또한 미래에서 메일이 오는 것으로 보아 먼 훗날 시공간을 넘나드는 인류의 어떤 혁명적인 진일보가 있었을 거라는 짐작도 했지만 그 꿈같은 일을 해낼 과학자가 바로 나라니……. 가슴이 벅차면서도 성공의 문턱에서 주저앉아야 하는 운명이라는 게 너무나 비통하고 안타까웠다. 얼마나 허무한 인생인가. 일 평생 노력은 노력대로 하고 결국은 아무것도 이루지 못한다니 말이다. 지금의 나도 이런 심정인데 죽음을 앞둔 미래의 나는 얼마나 참담했으면 결국 금기까지 깨고 미래를 알려주는 걸까 싶어 준우의 마음이 천근만근 무거워졌다.

이때 학원 앞 횡단보도 신호등이 초록색으로 바뀌었다. 사람들이 길을 건너기 시작했다. 준우도 기계적으로 횡단보도로 걸음을 내디뎠다. 길을 건너면서도 메일 내용이 머릿속을 계속해 맴돌았다.

딱 1년의 시간만 더 허락된다면 소원이 없을 것 같은 절망 속에서 시계만 바라보고 있다가 시간이 건너뛰는 것을 발견하게 됐고, 김효빈이 생각났어.

조금 떨어진 곳에선 효빈이 힘없이 어깨가 축 처진 채 걸어가고 있었다. 바닥만 보며 걷던 효빈은 빠앙—, 길게 울리는 클랙슨 소리에 고개를 들었다. 이어 타이어가 길바닥에 마찰하는 소름 끼치는 소리가 났다. 효빈은 가슴이 서늘해져 걸음을 멈추었다. 이내 천지를 뒤흔드는 쾅! 하는 요란한 충돌음이 들려왔다. 깜짝 놀란 효빈은 소리가 나는 쪽을 돌아보았다. 효빈의 눈이 순식간에 휘둥그레졌다.

"준우야!"

효빈은 혼비백산해 달려갔다. 저만치 사고가 난 횡단보도 위에 준우가 정지한 듯 멈춰 서 있었다. 조금 전의 요란한 충돌음은 준우로 인해 일어 난 사고였다. 사거리 신호등이 초록색으로 바뀌고 보행자 신호등도 빨간색이 되었는데도 준우는 횡단보도에 정지해 서 있었다. 그 바람에 우회전해 들어오던 자동차가 준우를 발견하곤 급정거를 했고, 뒤따라오던 차가 그 차를 뒤에서 받은 것이다. 사고로 주변이 혼란스러운데도 준우는 미동도 없이 마네킹마냥 가만히 서 있었다.

"준우야!"

순간 준우가 아무 일도 없었다는 듯 걸음을 떼기 시작했다. 그러나 곧 소스라치게 놀라 다시 멈추었다. 그때, 교통사고가 발생한 것을 인지한 것이다. 눈앞의 차량에서 운전석 문이 열리더니 운전자가 준우에게 다짜고짜 화를 냈다.

"학생, 대체 뭐야! 그렇게 서 있으면 어떡해!"

"……!"

그 차를 받은 뒤차의 운전자도 내려 두 사람에게로 다가왔다.

사고가 자신 때문임을 눈치챈 준우가 크게 당황하는데 효빈의 목소리가 들려왔다.

"준우야!"

준우는 소리 나는 쪽을 돌아봤다. 효빈이 자신에게로 달려 오고 있었다.

그제야 준우는 지금의 상황을 완벽히 이해했다. 횡단보도 를 건너던 중에 시간이 건너 뛰어져 사고를 유발했고, 효빈이 준우의 반경 안으로 들어오자 시간이 다시 제대로 된 걸 말이 다. 준우는 간담이 서늘해졌다. 정말로 죽을 뻔했다. 사고 운 전자가 조금만 부주의했어도 뒤차가 아닌 자신과 충돌했을 것 이다. 더 소름이 돋는 것은 앞으로도 이런 일은 또 있을 수 있 다는 것이다. 준우는 자신의 하루에서 몇 초씩, 몇 분씩 총합 1시간이 수시로, 불규칙하게 사라진다는 것이 결코 가벼운 일 이 아니라는 걸 새삼 깨달았다. 효빈이 달려와 줘 이번엔 얼 마를 건너뛰려 한 건진 알 수 없었지만 사고가 난 것으로 보아 적어도 몇 분 이상이 사라지려 했던 건 분명했다. 준우는 시간 이 건너뛴다는 것에 대해 처음으로 공포심을 느꼈다.

사고 차량들은 도로 한편으로 옮겨졌다. 준우의 전화를 받 고 급히 달려온 준우 아빠는 두 명의 운전자에게 명함을 건네 며 연신 머리 숙여 사죄했다. 준우는 그 광경을 씁쓸한 눈으로 지켜봤다. 효빈은 준우 옆에서 그런 준우를 흘끔흘끔 훔쳐봤다. 그 시선을 느낀 준우가 먼저 입을 열었다.

"됐으니 이제 그만 가봐."

"……괜찮아……?"

"응."

"왜…… 서 있었어……?"

"딴생각했나 봐."

"미안……, 나 때문에……. 나 피하려 늦게 나온 거……, 맞
지?"

준우는 복잡한 눈으로 효빈을 바라보았다. 그걸 눈치채고
있다는 게 가슴 아프면서도 동시에 머릿속에는 미래의 나에게
서 온 메일이 떠올랐다.

평생을 버리며 살았던 하루 한 시간이 온전히 존재했다면, 그리고 그
로 인해 일어나는 크고 작은 이상한 일들로 시간을 낭비하지 않았다
면 난 연구를 무사히 마칠 수 있었을 거야. 인류의 위대한 미래를 위
해 시간을 찾는 노력을 멈추지 말아줘.

효빈은 조마조마한 마음으로 준우의 대답을 기다렸다. 제발
아니라고 말해달라는 간절한 눈빛으로 준우를 바라봤다. 하지
만, 그런 마음을 모를 준우가 아니었다. 준우 역시 상처 주고

싶지 않았다. 효빈이 필요했다. 너무도 절실하게 지금의 자신도, 미래의 자신도 효빈을 필요로 하고 있었다. 하지만 지금의 자신은 효빈을 좋아하고 있기에 짧고도 단호하게 대답할 수밖에 없었다.

"어."

그 순간, 효빈의 심장 중앙부에 빛의 속도로 대못이 꽂혔다. 콘크리트 같던 준우에 대한 믿음도 와르르 무너지는 기분이었다. 효빈은 낙심해 시선을 떨구었다. 그 모습을 보는 준우는 더욱 마음이 아팠다.

"그만 가봐. 아빠 계시니까 걱정할 것 없어."

"어……."

준우의 계속되는 재촉에 무안해진 효빈은 급하게 자리를 떴다. 준우는 효빈이 가는 모습을 외면하고 돌아보지 않았다. 준우는 계속해 되뇌었다. 잘했다고, 잘못한 일인데도 잘했다고.

집에 돌아온 효빈은 처음에 멍했다. 대체 왜 그런 질문을 해 상처를 사서 만들었나 싶어 자신이 한심해졌다. 오는 사람 안 막았으면 가는 사람도 안 막는 게 맞는다고 생각했다. 효빈은 평정심을 찾으려 평소처럼 행동했다. 어차피 늘 혼자였으니 딱히 달라질 것도 없었다. 잠깐 친구가 생겼던 것이고 이모의 말대로 그 친구의 좋은 영향력으로 이미 많은 게 좋아졌으니 그걸로 됐다고 생각했다.

그러나 늘 함께이던 넓은 테이블에 혼자 앉아 공부하자니, 고개만 들면 맞은편에 준우가 있는 것 같았다. 그런 망상을 털 어내려 주방 쪽으로 시선을 돌리면 딸기우유 두 개를 들고나 오던 준우의 모습이 보였다.

"후······."

효빈은 안 되겠다 싶어 책을 덮었다. 둘이 하던 일상을 아무 일도 없었던 것처럼 혼자 해내려는 건 오히려 추억을 소환하 는 일 같았다.

효빈은 예전에 하던 대로 종이접기 책을 펼쳐놓고 작품들을 만들기 시작했다. 뭉이와 냥이를 옆에 앉혀 놓고 함께 만들었 다. 그나마 둘이 옆에 있어 주니 마음도 안정되는 것 같았다. 그러나 다 접은 작품들을 테이블 위에 올려놓던 순간 효빈의 숨이 턱 막혔다. 가족사진들 옆에 눈부시게 웃고 있는 준우 사 진이 눈에 들어왔기 때문이다.

효빈은 사진 속 준우를 물끄러미 바라보았다. 준우와 가깝 게 지내는 행운이 이렇게 짧을 줄 알았다면 저 미소를 더 많이 보아둘 걸 그랬다는 후회가 들었다. 효빈은 준우의 사진이 담 긴 액자를 뒤로 돌려놓았다. 그러고는 자리에서 일어나 밖으로 나갔다. 집 안 전체에 준우에 대한 잔상이 남아 있는 게 힘들었다. 마치 아빠와 이별했을 때와 비슷했다. 지극히 일상적인 모든 것들에서 좋아하는 사람의 부재를 문득문득 실감하게 되는 일은 표현할 수 없을 정도로 먹먹한 일이었다. 그때 이후로 추억이라는 건 정말 위험하고 만들지 말아야 한다는 걸 절실히 깨달았는데도 바보같이 방심하고 실수를 한 것이다. 미국 건국의 아버지인 벤저민 프랭클린이 말했다. '경험은 소중한 스승이지만 바보는 경험해도 배우지 못한다'라고. 효빈은 자신이 딱 그런 것 같았다. 전교 1등을 해보긴 했지만 세상엔 똑똑한 바보도 많으니 말이다.

효빈은 오랜만에 통나무 오두막집으로 올라갔다. 그동안 참아왔던 실제 밤하늘의 별들과 실컷 만나고 싶었다. 오랜만에 엄마별도 찾아볼 것이다. 그러나 찬찬히 관찰하고 천체 망원경에서 눈을 뗀 순간, 같이 별을 보던 날의 준우가 또 옆에 보였다.

"……큰일이다……. 추억이 너무 많아……."

결국 효빈의 눈가가 붉게 물들었다. 그때였다. 준우의 목소리가 들린 건.

"저기 말이야,"

효빈이 놀라 고개를 드니 준우가 그날과 똑같이 효빈에게 말을 걸었다.

"25시간인 사람이 있다면 23시간인 사람도 있지 않을까?"

효빈은 그 환영을 무시하려 귀를 막고 고개를 저었다.

"사라져, 사라져."

그러다 순간 어떤 생각에 효빈의 정신이 번쩍 들었다. 효빈은 다시 준우의 환영을 바라보았다. 준우가 그날처럼 이야기를 계속했다.

"모두가 움직이고 있을 때 그 사람의 세상은 5분, 10분씩 멈추거나 타임워프 한다고 생각하면 가능하지. 본인 모르게."

효빈의 눈빛이 흔들렸다. 몇 시간 전 학원 앞 횡단보도 위에서 빨간불인데도 정지한 듯 가만히 서 있던 준우의 모습이 떠올랐다. 중앙공원을 가로지르며 준우가 했던 말도 떠올랐다.

"너랑 같이 있으면 왠지 마음이 편해. 당황스러운 일들도 안 생기고……."

급식을 먹으며 이젠 서로 자유롭게 지내자고 하는 준우에게 그동안 고마웠다고 인사하자 준우가 건넸던 답인사도 떠올랐다.

"별말씀을. 서로에게 도움 된 거니 그런 생각 하지 마."

효빈은 자리에서 벌떡 일어났다.

'혹시, 준우가 23시간을 사는 사람이 아닐까?'

내 25시간이 준우와 함께 있으면 24시간이 되는 것처럼 준우의 23시간도 혹시 나와 함께 있으면 24시간이 되는 게 아니었을까 하는 생각이 든 것이다.

효빈의 심장이 빠르게 뛰기 시작했다. 그렇다면 준우가 자신을 평생 곁에 두겠다며 공부시켰던 이유가 맞아떨어진다. 준우도 그 사실을 알고 있었던 것이다. 그렇다면 정말로 우리 둘은 운명이 아닐 수 없었다. 서로에게 서로가 필요한 사이가 아닐 수 없다.

효빈은 준우를 만나야겠다고 생각했다. 서로가 절실한 운명인 이상 이렇게 헤어져서는 안 될 것 같았다. 그러나 오두막 집의 문을 열려던 순간, 조금 전의 일이 머릿속을 스쳐 지나갔다. 준우는 자신을 피하려고 학원에서 일부러 늦게 나온 거라고 했다. 아무리 운명적 관계라 해도 본인이 싫다는데 어쩌겠단 말인가. 게다가 자신은 준우 곁에 오래 있어 줄 수도 없다.

그런 생각들로 효빈은 모든 게 부질없다는 생각이 들었다. 결국 효빈은 잡았던 문고리에서 손을 떼고 그 자리에 주저앉았다.

그 시각, 준우는 효빈의 집 대문 앞에 서 있었다. 사고 수습을 모두 끝내고 아버지와 함께 집으로 돌아온 준우는 효빈에게 큰 상처를 줬다는 자책감에 괴로워 도저히 가만히 있을 수 없었다. 준우는 무작정 걸었고 도착해보니 이곳이었다.

준우는 효빈의 집을 올려다보았다. 통나무 오두막집에 불이 켜져 있는 것으로 보아 효빈은 그곳에 있는 것 같았다. 잠시 애틋한 눈으로 바라보던 준우는 밤하늘을 올려다보았다. 자신의 눈으로는 보이지 않는 서울 밤하늘의 별들을 오두막집의 효빈은 볼 수 있는 것처럼 자신이 경험할 수 없는 시간들을 효빈은 매일매일 살아가게 될 것이다. 슬프지만 다행인 일이었다. 준우는 크게 숨을 내쉬었다. 그러고는 효빈이 있는 곳을 향해 마지막 인사를 했다.

"안녕……, 영원히."

준우는 눈물을 머금고 돌아섰다. 몇 번을 생각해봐도 자신 때문에 효빈의 짧은 인생에서 매일 1시간씩을 뺏는 일은 하고 싶지 않았다. 시공간을 넘나드는 프로젝트를 목전에서 성공시키지 못하는 안타까운 인생을 살게 된다 해도 말이다. 준우는 자신과 인류의 미래가 덜 위대하더라도 효빈이 더 행복하기를 진심으로 빌었다. 발걸음을 옮기는 준우의 눈가에 눈물이 가득했다.

10

3년 후

목표한 대로 한국대 물리천문학부에 합격한 준우는 수석 입학에 물리학 전공 장학생이라는 간판까지 더해져 더욱더 인싸의 삶을 살고 있었다. 고백하는 여학생들도 끊이지 않았다. 하지만, 준우에겐 특별할 게 없는 대학 생활이었다. 초·중·고등학생 때와 같은 오늘이 매일 계속될 뿐이었다. 그렇기는 해도 준우의 심리 상태는 완전히 달라졌다. 열심히 공부하다가도 결국 성공의 문턱에서 죽게 된다는 생각에, 허무감이 수시로 밀려왔다. 그나마 지는 걸 싫어하는 천성이라 마음을 다잡으려 애를 썼지만, 도저히 다스려지지 않는 또 하나의 공허감이 있었다. 그건 바로 효빈에 대한 그리움이었다. 고교 때까진 그나마 학교에서 먼발치에서라도 볼 수 있었는데 졸업 후엔 그조차 불가능해졌으니 말이다.

그러다가 학교 도서관 자리에 누군가 올려놓은 딸기우유 하나에 그동안 잘 참아왔던 효빈에 대한 그리움이 폭죽처럼 터졌다. 어느덧 차고 넘쳐 더 이상 견디지 못하고 터진 그리움이라는 녀석은 준우에게 작고 사소한 물건부터 시작해 도처에서 효빈을 연상하게 만드는 병을 만들어냈다.

심신이 지칠 때로 지친 준우는 자기도 모르게 효빈의 집 앞을 찾았다. 그렇게 시작된 발걸음이 급기야 매일 밤 효빈네 집 앞에 1시간씩 앉아 있다가 가는 루틴을 만들고야 말았다. 이상하게도 앉아 있다가 가면 마음이 편했다.

그렇게 출구가 없을 것 같은 먹먹한 날들이 여름방학이 되고도 계속되던 어느 날이었다. 그날도 어김없이 준우는 효빈네 집 앞을 찾았다. 효빈이 걱정된다는 억지 핑계를 만들어서라도. 어젯밤은 효빈의 집 불이 모두 꺼져 있었다. 다행히 오늘 밤은 평소처럼 불을 밝히고 있었다. 그제야 준우도 안심이됐다. 준우는 늘 하던 대로 대문을 등지고 앉았다. 미래의 내가, 매일 잃어버리는 1시간을 알려준 덕에 최근엔 매일 2시간을 잃어버리고 있었다. 씁쓸하면서도 피식 웃음이 났다.

이때 등지고 있던 대문 안에서 인기척이 느껴졌다. 준우는 순간 효빈이 나오는 건가 싶어 얼른 일어나 몸을 숨겼다. 숨어 대문을 지켜보는 몇 초도 안 되는 그 짧은 순간, 심장이 미친 듯이 두근거렸다. 예상대로 대문이 열리며 효빈이 나왔다. 놀랍게도 효빈은 2년 만에 보는 모습인데도 마치 어제 보았던 것처럼 전혀 변한 게 없었다. 무엇보다도 건강해 보였다. 다행이었다. 준우는 멀리서 보는 것만으로도 기쁘고 행복했다. 그러나 점점 효빈이 멀어지자 잠시 망설이던 준우는 거리를 두고 효빈을 따라 걸었다.

늦은 시간인 데다 평상복 차림으로 나온 것으로 보아 아마도 근처 편의점이나 가게에 가려는 게 아닌가 싶었다. 준우에겐 무엇이든 행운이었다. 효빈을 다시 볼 수 있을 거라고는 기대하지 않았다. 오히려 마주칠까 걱정이 돼 일부러 11시 언저리인 늦은 시각에 집 앞을 찾았다. 처음엔 혹시 그사이 효빈이 이사라도 가지 않았을까 걱정도 했지만, 대문 안에서 울렸던 휴대폰 벨 소리에 안심할 수 있었다. 고교 시절 효빈의 벨 소리와 같았기 때문이다.

그때였다. 당황함과 이런저런 생각에, 자기도 모르게 효빈과의 거리가 꽤 가까워졌음을 미처 인지하지 못하던 순간 효빈이 뒤를 돌아봤다. 돌아본 효빈과 무심코 눈이 마주친 준우는 일순 심장이 지하 맨틀을 지나 내핵까지 내려앉은 듯 쿵―
하고 떨어졌다.

"어?"

"……."

"준우야―."

"……."

효빈의 표정과 목소리엔 놀라움과 반가움이 역력했다. 반면
준우는 아무 리액션도 할 수 없었다. 머리는 모자 쓰라고 얹어
져 있는 것이 아닌데 효빈이 돌아본 순간 머릿속이 새하얗게
되어 하나도 돌아가지 않았다.

"반갑다. 이 동넨 웬일이야?"

"……어, 지나는 길에……."

이 무슨 핵폭풍 날아오는데 우산 펴는 소린지.

"그랬구나. 와……, 너무 반갑다. 어떻게 이런 우연이!"

그러나 효빈인 그 말을 믿는지 두 손을 깍지까지 껴 모으며
진심으로 신기해했다.

"그렇지 않아도 널 꼭 다시 만나고 싶었는데, 바람이 이루어
졌네."

만나고 싶었다고……? 준우의 마음에 묘한 기대감이 일었다.

"커피라도 한잔할래? 근처에 24시간 카페 있어. 아, 밤이라

커핀 그런가?"

"아니야, 커피 좋아해."

"잠 안 올 텐데."

"잠 안 올 때면 커피 마셔."

"홋―, 뭐 다른 메뉴도 많으니까."

이번엔 효빈도 이상했는지 웃음으로 넘겼다. 그 웃음에 준우의 눈가가 촉촉해졌다. 그동안의 혼란과 괴로움과 불안이 효빈의 웃는 얼굴 하나로 모두 치유가 되는 것 같았다.

"……내 소식 전혀 몰랐어? 서운한데. 난 생활디자인 전공해."

묻지도 않은 말을 효빈이 먼저 했다. 준우는 마음이 아려왔다. 준우는 효빈과 헤어진 후 효빈에 대한 소식은 일부러 알려고도, 들으려고도 하지 않았다. 그래도 무사히 대학에 들어가 잘 다니고 있다니 정말로 다행이었다. 효빈이 행복하기를 간절히 바랐던 자신의 바람도 이루어진 것 같아 기뻤다.

"잘 어울린다. 잘 선택한 것 같아. 종이접기하던 것만 봐도."

"그런 것 같아. 덕분에 좋은 남자친구도 만나고."

준우는 하마터면 커피잔을 놓칠 뻔했다.

"남자친구?"

"응, 너도 여자친구 있지?"

"……."

분명 효빈의 행복을 기원했는데 뭔가 주문이 잘못 접수된 느낌이 들었다.

"너무 당연한 질문인가?"

효빈은 멋쩍은 듯 웃었다. 준우도 대답 대신 피식 웃었다. 그러고는 한 모금 마신 아이스 아메리카노는 살아오며 마신 커피 가운데 가장 씁쓸했다. 대체 뭘 기대했던가. 이별을 선택했던 건 나 자신이면서. 허탈함이 밀려왔다. 하지만 진짜는 이제부터였다.

"만나자마자 이런 말 하긴 미안한데, 사실 부탁이 있어. 그래서 널 꼭 만나고 싶었어."

"말해봐."

"피아노 연주 영상 만들고 싶어. 도와줘."

"뭘 도와줘야 하는데? 촬영?"

효빈이 고개를 저었다.

"아니, 나랑 같이 연주해줘."

효빈이 원한다면 못 해줄 것도 없었다. 하지만 효빈의 다음 말이 준우를 대답하기 어렵게 했다.

"남자친구 선물로 연주 영상을 만들고 싶은데, 너랑 함께하면 좋을 것 같아. 요즘은 1piano 4hands 영상이 대세거든."

아무리 대세라도 그렇지……. 준우는 진짜 어려운 부탁을 너무나 쉽게 하는 효빈이 당황스러웠다.

"남자친구가 좋아할까……? 나라면 좀 그럴 거 같은데. 더구나……."

'예전 썸남에게 지금 남친을 위한 연주를 해달라는 건 너무 하잖아.'라는 말이 턱밑까지 차오르는 걸 준우는 꾹 참고 삼켰다. 아니, 뭐가 너무하다는 거지? 지금의 남친에게? 아니면 예전 썸남에게?

미안하지만 솔직히 그런 목적의 영상은 찍고 싶지 않았다. 효빈의 행복을 빌면서, 효빈을 위해서라면 뭐든 할 수 있다고 생각하면서 왜 이건 싫은 건지 준우도 지금은 자기 마음의 갈피를 잡을 수 없었다.

"괜찮아. 정말 괜찮으니 꼭 같이해주라. 응?"

안경 너머 효빈의 눈동자가 간절함으로 반짝였다. 그러고 보니 효빈이 변한 것 같았다. 외모는 고등학생일 때와 비슷해 못 느꼈었지만 이제 보니 효빈은 변해 있었다. 자신과의 이별 이후 건조 과일처럼 생기가 없어졌던 효빈이 지금은 마치 신선한 귤과 같이 건강하고 탱탱한 활기를 발산하고 있었다. 인정하기 싫지만 스터디를 함께할 때보다 한층 밝아 보였다. 지금의 남자친구가 그 시절의 자신보다 효빈에게 더 활력이 되어주고 있는 것 같았다. 씁쓸하면서도 한편으로는 안심이 되었다. 시간을 뺏어가는 나 같은 녀석보다 더 좋은 사람을 만나 행복한 것 같으니 말이다.

"······그래, 해보자."

준우는 어려운 대답을 쉽게 해버리고 말았다.

집에 돌아온 준우는 커피 때문인지 마음이 복잡해서인지 잠이 오지 않았다. 자신이 지금 뭐 하는 짓인지 이해가 가지 않았다. 그러면서도 한편으로는 자신을 다시 만나고 싶다는 효빈의 바람은 주문이 제대로 잘 접수된 것 같아 다행이었다.

같은 시각, 효빈은 자기 방 옷장 옆 거울에 감사 인사를 하고 있었다.

"고마워. 덕분에 잘 해냈어."

거울 속 효빈의 입가엔 미소가 흘렀지만 눈엔 눈물이 어리어 있었다.

♦ ♦ ♦

준우는 효빈이 우연히 뒤를 돌아봤다고 생각하지만 사실 효빈은 오래전부터 준우가 자신의 주위를 맴돌고 있다는 걸 알고 있었다.

어느 날 밤, 별을 보기 위해 통나무 오두막집으로 가던 중 휴대폰 벨이 울렸다. 이모가 한 전화였다. 하지만 효빈은 선뜻 전화를 받을 수 없었다. 벨 소리가 평소와 달리 아름답게 들렸기 때문이다. 이상했다.

이모와 통화를 끝낸 효빈은 자신만의 플레이 리스트에서 다른 음악을 재생해봤다. 또 듣기가 좋았다.

'청각도 무뎌졌구나……'

최근 몸이 부쩍 안 좋아진 효빈은 2년간 하던 아르바이트도 그만두어야 했다. 지금 현상도 그중 하나라고 생각했다. 이제부터는 음악을 아름답게 들을 수 있으니 좋은 일인지도 모른다고 생각했다. 하지만 왠지 눈물이 자꾸 고여 효빈은 고개를 들어 밤하늘을 올려다보았다.

'……앞으로 몇 번이나 더 밤하늘을 볼 수 있을까……'

눈물을 삼킨 효빈은 다시 오두막집으로 향했다. 그러고는 재생되고 있는 음악을 정지시키려던 순간……, 연주 속도가 평소처럼 미묘하게 느려졌다.

"……!"

효빈은 걸음을 멈추었다. 효빈은 좀 전에 이모와 통화를 했던 장소로 다시 가 음악에 귀를 기울였다. 역시나 정상적인 빠르기로 들렸다. 착각이 아니었다. 그 순간 효빈의 심장이 두근거리기 시작했다. 설마…….

그럴 리 없다고 생각하면서도 터질 것 같은 가슴을 진정하려고 애썼다. 효빈은 얼른 집으로 들어가 이어폰을 찾았다. 좀 더 확실히 확인해보고 싶어서였다. 효빈은 귀에 이어폰을 꽂은 채로 심호흡을 한 번 한 후 천천히 대문을 향해 한 걸음, 한 걸음 다가갔다. 온 신경이 귀에 가 있다고 해도 될 정도로 효빈은 음악의 빠르기에 귀를 기울였다. 역시나 대문에 가까워지니 또 음의 빠르기가 듣기 좋은 정도로 바뀌었다.

"……!"

효빈은 떨리는 가슴으로 천천히 대문에 손을 올려보았다. 그러고는 이내 대문을 등지고 주저앉아 팔에 고개를 묻었다. 대문 너머에 준우가 있을지도 모른다는 생각에 기쁜 나머지 다리에 힘이 빠졌다. 머리는 아닐 수도 있으니 진정하라고 하는데 몸과 마음이 제대로 반응해 서 있을 수가 없었다. 효빈은 그대로 앉아 음악을 들었다. 굳이 확인하고 싶지 않았다. 준우는 효빈에겐 꿈같은 사람이었다. 그래서인지 꿈처럼 사라졌었다. 확인하려 대문을 연 순간 또다시 꿈처럼 사라질까 봐 겁이 났다. 그냥 이대로 이어져 있을 수만 있다면 그걸로 충분하다고 생각했다.

그날 이후, 준우처럼 효빈 역시 늦은 밤이면 매일같이 대문을 등지고 앉아 음악을 듣는 루틴이 생겨버렸다. 음악을 듣고 있으면 어김없이 11시 무렵 제대로 된 속도로 들렸고, 12시가 지나면 다시 느려진 속도가 되었다. 고요한 한밤중에 이어폰을 통해 세심히 전해지는 선율 덕에 이 대문 너머에 준우가 있다는 사실이, 확인하지 않아도 선명히 느껴졌다.

◆ ◆ ◆

행복은 오래가지 않았다. 그동안 약을 제대로 챙겨 먹지 않았던 효빈의 몸 상태가 급속히 나빠져 갔다.

병으로 인한 이상 증세를 처음 느낀 건 고등학교 1학년 여름방학 때였다. 어느 날부터 온몸으로 무거운 짐을 들고 있는 것 같은 기분 나쁜 느낌이 간간이 들었다. 보통 사람들 같으면 단순한 감기몸살이나 에어컨 때문에 냉방병에 걸렸나 생각했겠지만, 아빠의 병이 이런 증상으로 시작됐다는 얘길 들은 적 있던 효빈은 불길한 예감이 들었다. 그래서 이모에게 말하지 않고 혼자 병원을 찾았고, 그 예감이 맞았다는 걸 알고 하늘이 무너지는 것 같았다.

다행히 약을 먹기 시작한 후 증상이 사라졌다. 평소와 같았다. 하지만 애초에 치료법이 없는 병이라 그 약은 병의 진행 속도를 늦춰주고, 진통제 정도의 기능밖에 못 하는 데다 내성이 있어 10여 년을 버티는 게 효과의 전부였다. 그래서 하루라도 빼먹으면 안 되는 약인데, 졸업 후 학교에서조차 준우를 볼 수 없게 된 효빈에겐 하루하루가 약을 먹는 것조차도 무의미하게 느껴질 정도였다.

그 결과가 이제 나타나고 있었다. 아빠가 같은 병으로 돌아가시는 걸 옆에서 지켜봤기에 효빈은 자신의 수명이 얼마 남지 않았다는 걸 알았다. 하지만 하루라도 더 준우와 이어져 있고 싶어 입원을 미룬 채 버텼다. 약도 다시 제대로 먹기 시작했다. 그러나 결국 의식을 잃고 쓰러져 병원에 실려 가야 했다. 의식을 잃기 직전에 아빠가 만든 비상벨을 누르지 않았다면 정말로 위험할 수 있는 상황이었다.

치료도 치료였지만 당장 입원하라고 다그치는 이모를 간신히 진정시키고서야 효빈은 집으로 다시 돌아올 수 있었다. 효빈은 이모와 세 가지 약속을 했다. 열흘 후엔 무조건 입원하기, 그사이 한 번이라도 더 쓰러지면 그땐 당장 입원하기, 밥 꼬박꼬박 먹기였다.

도대체 뭘 정리하겠다고 혼자만의 시간을 달라는 건지 걱정되고 불안했지만 효빈의 이모 역시 그 병이 어떤 병인지 잘 알고 있기에, 마지막이 될지도 모를 효빈의 간절한 부탁을 들어주지 않을 수 없었다.

병원에서 집으로 돌아온 효빈은 거울 앞에서 떠나지 못했다. 한 듯 안 한 듯 엷은 화장을 했고, 평상복 중에 가장 깔끔하고 밝은 것을 골라 입었다. 쌩긋 미소를 지어보니 꽤 활기차보였다. 어제 응급실에서 1박을 하고 온 사람이라고는 상상할 수 없었다. 그리고 보니 준우는 정말로 눈부신 햇살과도 같은 아이라는 생각이 들었다. 그 애가 곁을 맴돈다는 걸 알고부터 자신의 얼굴에 이렇게 생기가 있는 걸 보면 말이다.

효빈은 그런 준우가 계속 자신이 동경하는 것을 쫓으며 살게 해주고 싶었다. 그러려면 이제 준우가 집 앞에 오면 안 된다고 생각했다. 반복되는 루틴을 끝내는 방법은 일탈이다.

효빈은 오늘 밤, 우연을 가장해 준우를 다시 만나기로 결심했다. 편의점에 가는 척 집 밖을 나서면 아마도 준우는 자신을 따라올 것이다. 그때 이어폰을 통해 음악이 제대로 들리는 순간, 돌아보면 될 거로 생각했다. 그리고…… 할 수만 있다면 작은 욕심도 하나 내보고 싶었다.

효빈은 거울 속 자신을 보며 이내 숨을 한번 내쉬고는 목소리를 가다듬었다. 그러고는 매우 놀란 듯 한껏 눈을 동그랗게 뜨며 말했다.

"어?"

"너, 혹시 준우?"

어색했다. 작위적이라는 생각이 들었다.

"어? 준우야—!"

이게 낫다. 효빈은 계속해 연습을 이어갔다.

"반갑다. 이 동넨 웬일이야?"

동작이 있으면 더 자연스러울 것 같았다. 효빈은 활짝 웃으며 두 손을 깍지 껴 모았다. 그렇게 두 번, 세 번, 네 번…… 밤까지 수도 없이 거울 앞에서 연습을 했다. 계획과 준비를 모두 마친 효빈은 그날 밤 마침내 둘 사이를 이어주고 있던 대문을 넘었고, 준우를 향해 활짝 미소 지었다.

"와……, 너무 반갑다. 어떻게 이런 우연이!"

11

효빈의 남자친구

피아노 연습 장소는 당연하겠지만 효빈의 집으로 정해졌다. 다시 효빈의 집에 들어선 준우는 왠지 설렜다. 효빈의 종이접기 솜씨는 더욱 정교해진 듯싶었고 뭉이와 냥이도 여전히 잘 있는 것 같았다. 그리고 가장 궁금했던…… 가족사진이 놓인 테이블에 아직도 자신의 사진이 놓여 있는 것에 준우는 내심 뭉클해졌다.

"안 버렸네."

"생일 선물이잖아."

효빈은 대수롭지 않다는 듯 대꾸했다. 저 사진을 숨겨놓을까 말까 몇 시간을 고민했으면서 말이다.

"그래도 남자친구도 있는데. 남자친구 사진은 없어?"

이것도 효빈이 예상했던 물음이다.

"갠 아무리 잘 나온 사진을 봐도 못 나온 것 같이 느껴져서. 실물이 훨씬 멋있거든."

준우 마음에 일던 설렘과 뭉클함이 사라졌다. 대신 뭐라고 설명할 수 없는 기분이 들었다. 그것이 무엇이건 간에 효빈이 다른 남자를 칭찬한 게 준우 마음속 어떤 스위치를 건드린 것은 확실했다.

"사진은 거짓말하지 않아."

내뱉는 순간 준우도 아차 했다.

'사진은 거짓말하지 않는데…….'

이런 식으로 농담인 척 웃으며 말을 흐렸어야 자연스러웠는데 자신답지 않게 너무 정색하고 깎아내렸다. 폼 안 나게 말이다. 하지만 더 처참한 건 효빈의 다음 말이었다.

"마음대로 생각해."

무심한 어투였지만 이제 네 의견 따위는 내 인생에서 가장 관심 없는 일이고 알 바 없다는 듯 느껴졌다. 준우는 새삼 자신의 위치를 깨달았다. 당연했다. 지금 이 상황은 새로운 이벤트를 위해 창고에 들어간 물건을 잠시 꺼내 쓰는 것과 마찬가지일 테니 말이다.

준우의 그런 착잡한 마음도 모르고 효빈은 남자친구에게 빨리 보여주고 싶다며 일주일 후 영상을 찍겠다고 했다. 함께하는 연습 시간은 아침 10시부터 오후 5시까지이지만 영상을 찍을 때는 외워서 연주해야 하니 준우는 집에 가서도 피아노를 쳐야 했다. 그 옛날 효빈을 공부시킬 때만큼 빡빡한 스케줄이었다.

곡은 준우가 효빈의 집에 처음 온 날 연주했던 〈캐논 변주곡〉으로 정해졌다. 효빈인 둘 다 칠 수 있는 곡이니 연탄곡 악보로도 쉽게 익힐 수 있을 거라고 했지만 진짜 이유는 준우에 대한 추억이 있고, 또한 다른 곡을 연습하기엔 남은 시간이 많지 않아서였다.

효빈은 마치 피아노 선생님처럼 준우 옆에 앉아 준우의 연습을 도왔다. 효빈이 팔을 뻗어 건반을 터치할 때마다 준우의 가슴이 살짝 두근거렸다. 너무 가까웠다. 하지만 뭔가 최악이라는 느낌도 들었다. 이런 상황에서도 효빈이 가까이 있다는 게 기쁘다니……. 효빈은 오직 남자친구를 위해 옆에 앉아 있는 것일 텐데 말이다.

"잘 친다."

그래도 칭찬은 기뻤다.

"역시 실력이 있네. 너무 멋진 영상이 될 것 같아."

준우는 순간 연습하던 것을 멈췄다. 또다시 무언가 설명할 수 없는 언짢은 기분이 들었다. 그러나 아까 같은 실수를 또 하긴 싫었다. 준우는 애써 상냥한 미소로 효빈을 바라보며 다정하게 말했다.

"애쓰지 않아도 돼."

"응?"

"하기로 한 일이니 최선을 다할 거니까 굳이 내 기분 맞추려 노력하지 않아도 된다고."

칭찬에 이 부정적인 반응은 뭔지. 준우는 스스로도 자신이 이해되지 않았다.

"잘 쳐서 잘 친다고 한 건데……."

효빈도 약간 무안한 것 같았다. 그러나 이내 피아노 위의 벽걸이 시계를 보더니 무언가 깨달았다는 듯 빙긋 웃으며 물었다.

"벌써 1시네! 아, 미안 미안. 배고프지?"

준우는 효빈이 자신의 이상 반응을 배가 고파서라고 치부하는 것 같아 이 또한 마음에 들지 않았다.

"뭐 먹을래?"

"내 기분 맞출 필요 없대도."

"그래도 시켜야지. 점심이잖아."

"아무거나."

"아무거나가 제일 어려운데."

효빈이 난감한 표정을 지었다.

"피자 시킬까? 스파게티랑 치즈볼도 시키자. 치킨도 시킬까? 연습하려면 잘 먹어야지."

"별로. 몸 쓰는 일도 아닌데."

꽈배기도 지금의 준우보단 덜 꼬였을 것이다.

"좋아, 그럼 가위바위보로 정하자. 내가 이기면 피자에 스파게티, 치즈볼, 치킨, 콜라. 네가 이기면 피자만 시키자. 난 가위 낼게."

"뭐야. 알려주면 어떡해."

"너 콜라 좋아하니까."

효빈이 생긋 웃었다. 순간 메말라 있던 준우의 마음에 잔잔한 감동이 밀려왔다.

"……기억해?"

"당연하지. 내 남친도 콜라 좋아하거든. 네 생각났어."

"……."

"가위, 바위, 보!"

그날 준우는 태어나 처음으로 콜라 없는 피자를 먹었다.

"왜 주먹 냈어? 내가 가위 낸다고 했잖아."

"설마 네가 그렇게 순순히 가위 낼 줄은 몰랐어."

"에? 그럴 리가."

콜라를 별로 안 좋아하는 효빈은 상관없었지만 준우는 먹는 내내 명치가 꽉 막힌 듯 답답한 느낌이 들었다. 그게 콜라 없는 피자 때문인지, 아니면 다른 이유인지는 준우도 정확히 알 수 없었다.

복잡한 마음으로 첫날 연습을 끝내고 집으로 돌아온 준우는 씻지도 않은 채 침대에 쓰러지듯 누웠다. 머리로는 효빈의 행복을 위해 기꺼이 도와야 한다고 생각하면서도 마음은 아직 그렇지 못한 것 같았다. 그냥 넘겨도 될 효빈의 말 한마디, 행동 하나하나에 전부 의미를 부여해 활활 타오르는 걸 보면 말이다. 준우는 자신이 마치 고장 난 내비게이션을 장착한 차와 같다는 생각이 들었다. GPS 인공위성이 네 위치는 '유물이 된 썸남'이라고 정확하게 송신해줘도 차 안의 내비게이션이 그것을 받아들이지 못하고 있으니 최적의 경로 또한 산출될 리가 없다. 당연히 헤맬 수밖에……

"……"

준우는 일어나 피아노 앞에 앉았다. 그 녀석이 자신보다 멋

있을지는 몰라도 머리가 더 좋기는 힘들 것이다. 준우는 하루라도 빨리 이 어렵고 복잡한 〈캐논 변주곡〉을 완벽하게 익히고 외워서 효빈에게 그것을 증명하고 싶었다.

연습 셋째 날. 점심은 집 밖으로 나와서 분식집에서 먹기로 했다. 떡볶이를 먹자는 효빈의 제안 때문이었다. 왠지 컨디션이 좋았던 효빈은 밖에 나가 바람도 쐬고, 그 옛날 준우와 친구들과 함께 갔던 분식집에도 가보고 싶었다.

그곳은 변한 게 없었다. 떡볶이, 순대, 튀김과 어묵 등을 한가득 시켜놓고 먹으며 준우도 그때 생각을 했다. 분식집에서 나와 아이스커피를 한 잔씩 들고 중앙공원을 거니니 더더욱 그때가 그리워졌다. 그때는 4월 초 무렵이라 은은한 벚꽃 향이 공기 중에 감돌고 있었지만 지금은 7월 말의 짙은 여름 향이 바람에 실려 오고 있었다.

준우는 불어오는 바람을 느끼며 효빈이 지금처럼 계속 행복하기를 마음속으로 기도했다.

"……생각나? 우리 예전에 첫 단합대회 했을 때, 노래방 갔다 거기 분식집도 가고, 이렇게 여기 공원 가로질러 돌아갔던 거."

순간 효빈은 뭉클했다. 준우도 같은 생각을 하고 있었구나 싶어 기뻤다. 조금 전까지만 해도 효빈은 이제 다시 그런 날은 오지 않겠지 싶어 내심 슬픔이 가득했다. 그런데 준우가 같이 기억해주고 있음에 슬픔이 눈 녹듯 사라졌다.

효빈은 또 아빠가 떠올랐다. 엄마가 돌아가신 후 그래도 견딜 수 있었던 건 추억을 함께 떠올릴 아빠가 있어서였다. 하지만 그런 아빠마저 돌아가신 후 가장 힘들었던 건 문득문득 떠오르는 추억을 혼자 감당해야 하는 것이었다. 그 쓸쓸함을 겪어본 효빈이었기에 효빈은 물기를 삼키고 건조한 목소리로 대답했다.

"아……, 그랬었나?"

혹시라도 이 순간들이 추억이 돼 준우를 슬프게 할까 걱정이 되었다. 분명 자신은 그때 함께해줄 수 없기에.

"너무 오래전 일이라……."

무미건조한 효빈의 어투에 준우는 내심 살짝 당황했다. 그러나 아무렇지 않은 척 효빈의 기억을 상기시키려 애썼다.

"그때 꽤 재밌었잖아. 나경이랑 지수랑 보영이. 그 애들이 점심 멤버 만드는 바람에 다 같이 친해지고."

"그렇지. 그랬어, 정말."

"정말 대단한 시절이었어. 상상도 못 할 일도 있었고 그로 인해 너랑도 친해지고……. 가끔은 내가 다른 선택을 했으면 어땠을까 하는 생각을 하곤 해."

준우의 목소리에는 그리움과 회한이 가득했다. 반면 준우가 말하는 '상상도 못 할 일'과 '그로 인한 선택'이 무엇인지 절대로 짐작할 수 없었던 효빈은 심드렁하게 받았다.

"지나간 일에 뭘 그렇게 심각해."

준우는 효빈을 쳐다봤다. 효빈은 무심한 어조로 말을 이어 갔다.

"넌 친구 많았잖아. 나경이도 그렇고, 다른 친구들이랑 놀았어도 분명 다들 즐거웠을 거야. 나도 어차피 혼자가 편했던 사람이고."

솔직히 충격이었다. 준우에게는 인생을 쥐고 흔든 고2 시절이 효빈에겐 딱히 아무것도 아니고, 심지어 대체 가능한 일 정도로 생각된다는 게 말이다.

"……."

"……."

한동안 두 사람의 대화가 끊겼다. 준우는 속상하면서도 도대체 어떤 녀석이기에 이렇게 완벽하게 효빈에게서 나와 그 시절을 지웠나 궁금해졌다.

"어떤 사람이야? 남자친구."

"응?"

"어떤 사람이기에 혼자가 편한 애가 사귈 결심을 했나 궁금해서."

"음……."

효빈은 잠시 생각하는 듯싶더니 미소를 지으며 답했다.

"다정한 사람이야. 따뜻해."

준우는 왠지 씁쓸해졌다.

"너한테 잘 맞춰주나 보네."

"다른 사람들에게도 상냥해."

"그건 알 수 없지. 네 앞에서만 다른 사람들에게도 상냥한지."

"아닌데."

"알겠어. 어쨌든 네 기분에 잘 맞춰준다고 무조건 좋은 사람이라고는 할 수 없는 거니 잘 판단하며 사귀어."

"응."

효빈이 빙긋 웃으며 흔쾌히 끄덕였다. 그 모습이 또 묘하게 기분이 나빴다. '너 같은 놈이 뭐라고 평가하든 그 앤 상냥한 애'라는 여유가 넘쳐 보였다. 그게 또 준우 안의 스위치를 건드려 꽈배기 공장이 자가발전, 무한동력으로 돌아가기 시작했다.

"잘생겼어?"

"응."

"나보다?"

"훗—."

뭐야, 이 헛소리는. 평소 겸손을 미덕으로 삼던 준우는 그같은 질문을 한 자신에게 스스로도 놀랐다. 효빈도 준우답지 않은 질문에 허를 찔렸는지 자기도 모르게 웃음이 새어 나왔다. 하지만 한번 터지기 시작한 헛소리는 더 이상의 거름망 없이 술술 나왔다.

"하긴, 나랑 비교하는 건 너무 자비가 없지."

이길 순 없으나 물러설 수 없을 때가 있다. 이순신 장군에게 명량해전이 그랬고, 준우에겐 지금이 그랬다.

"꿀리진 않아."

"엄청 잘생겼나 보네."

"훗—."

"인기 많겠네. 위험한데."

"너도 많잖아."

효빈이 괜찮다는 듯 미소 지었다. 준우는 효빈의 그 미소가 남자친구에 대한 굳건한 믿음 같아 왠지 질투가 났다. 양념 반, 프라이드 반도 아니고, 효빈의 행복을 기원한 지 10분도 안 되어 효빈이 다른 남자를 좋아한다고 질투하면 어쩌자는

건지……. 준우는 여름 날씨처럼 변덕스러운 스스로가 이해가
가지 않으면서도 거만하기를 그만두지 못했다.

"나는 달라. 나한테 인기는 있고 없고의 문제가 아니야. 아
침이면 눈이 떠지고, 때가 되면 배가 고파지는 것처럼 일상화
돼 있다고. 이런 경지는 아무나 다다르지 못해. 어려서부터 원
대한 꿈이 있어 다른 곳엔 흥미가 없는 나니까 되는 거야. 날
일반적인 케이스로 생각하고 너무 믿으면 안 돼. 방심하지 말
라고."

"고마워."

"인사는 필요 없어. 딱히 연애 코치해주려 한 건 아니니까."

준우가 퉁명스러운 어투로 말했다.

"아니, 그런 엄청난 네가 친구여서 고마웠다고. 덕분에 전교
1등도 해보고."

효빈이 빙긋 웃었다. 분명 아까와 똑같은 미소인데 안경 너
머의 눈가가 촉촉해 보였다. 무언가 사뭇 진지해진 느낌이 들
었다.

"……내가 가르친 게 아니고 네가 깨우친 거야. 네가 노력했
기에 가능했어."

"그래도 역시 네 덕이야. 행글라이더 날리기 대회 1등 한다
고 행글라이더 칭찬하지 않잖아. 만든 애를 칭찬하지."

효빈이 다시 밝게 웃었다. 눈부신 여름 햇살처럼 환하게 느껴졌다. 준우는 문득 궁금해졌다. 눈부시게 환한 낮에도 별을 볼 수 있다는 걸 효빈도 아는지. 그리고 효빈의 눈에서 빛나는 그 별은 정말로 주인을 잘 찾아갔다는 생각이 들었다.

연습 마지막인 여섯 번째 날, 문득 이상한 사실 하나를 깨달은 준우는 연주를 멈추더니 뜬금없이 물었다.

"남자친구는 연락 안 해?"

옆에서 호흡을 맞춰보던 효빈도 연주를 멈췄다.

"응?"

피아노 소리에 제대로 듣지 못한 효빈이 준우에게 재차 물었다.

"남자친구랑 연락 안 하냐고."

"하지, 왜 안 해."

"근데 왜 난 한 번도 못 봤지? 전화든 카톡이든 메시지든 연락하는 걸 본 적이 없는 것 같아. 우리, 거의 하루 종일 같이 있는데."

추궁하려는 게 아니라 정말 갑자기 궁금해져서였다. 효빈의 이모가 연락하는 건 수시로 봤지만, 남자친구로부터 연락이 오는 건 단 한 번도 보지 못했다.

내심 당황한 효빈은 비루한 임기응변으로 둘러댔다.

"그야…… 걘 낮에 자."

"5시 넘어까지?"

"어, 그게, 어……, 방학이라……. 걘 지금 캐나다에 있거든. 교환 학생으로."

"아……, 그래서……."

"응?"

"아니야, 연습하자."

준우는 차마 자신이 한 달 전부터 효빈 근처를 맴돌았다고 얘기할 순 없었다. 돌이켜 생각해보면 그동안 지켜본 효빈의 생활 패턴은 절대로 연애를 하는 사람 같지 않았다. 단 한 번도 늦게 귀가하거나 남자친구가 데려다주는 걸 본 적이 없었다. 하지만 남자친구가 캐나다에 가 있다면 이해가 갔다.

자기도 모르게 앞뒤가 맞는 거짓말을 한 효빈은 연습하자는 준우의 말에 한숨을 돌렸다. 그러나 첫마디도 못 마치고 준우는 다시 연주를 멈추었다. 캐나다와 한국의 시차는 13시간 가량 차이가 난다. 준우가 와 있는 시간인 10시부터 13시 사이는 캐나다에서는 대략 늦은 오후부터 밤이다. 연인들끼리 이 시간대에 그 흔한 카톡 하나 없다는 건 말이 안 된다.

효빈은 왜 또 멈췄나 싶어 긴장한 눈으로 준우를 쳐다봤다.

준우는 시선을 계속 피아노 건반에 둔 채 중얼거리듯 물었다.

"캐나다랑 한국이랑 시차가 어떻게 되지?"

'헉…….'

효빈이 대답할 수 있을 리 없었다. 효빈은 그저 지구 반대편, 미국은 너무 흔하니 적당히 그 위인 캐나다로 답했던 것뿐이었다.

"남자친구 캐나다 어디에 있어? 밴쿠버? 토론토? 아니, 이공계니 멜버른인가?"

"어……, 거기."

효빈의 목소리엔 당황함이 묻어 있었다.

"멜버른?"

"어."

멜버른은 호주에 있다. 준우는 고개를 들었다. 그러고는 효빈을 돌아보았다. 효빈의 눈동자가 미묘하게 흔들리고 있었다. 준우가 씩 웃더니 으레 다정한 목소리로 말했다.

"가위바위보 하자."

"가위바위보?"

효빈은 내심 긴장했다.

"응, 내가 이기면 남자친구 사진 보여주기."

"뭐? 그런 게 어딨어?"

"그냥 보여달라고 하면 안 보여줄 거잖아. 대신 네가 이기면 다시는 남자친구에 관해 묻지 않을게."

후자는 좀 끌렸는지 효빈은 잠시 망설이는 듯했다. 그러나 이내 단호히 거절했다.

"싫어. 더는 물어봐도 대답하지 않을 거야."

"왜 보여주기 싫고 대답하기 싫어? 그러니 더 이상한데. 난 지금 네 남자친구를 위한 이벤트에 협조하고 있어. 내가 대체 어떤 사람을 위해 이런 노력과 수고를 하고 있는지 궁금한 게 당연하잖아."

"……"

효빈은 아무 말도 할 수 없었다. 뭔가 반박할 수도 있을 것 같은데 준우가 악의 없는 표정으로 조곤조곤 이유를 대니 왠지 논리적으로 들렸다.

"내일이면 이제 끝인데 궁금한 건 해결해야지. 난 보 낼게."

'끝'이라는 단어가 효빈의 가슴을 울렸지만 지금은 감정에 빠져 있을 여유가 없었다. 이 내기에 응할 것인지, 응한다면 반드시 이겨야 하는데 그러기 위해선 무엇을 내야 할지를 신속히 결정해야 했다. 효빈은 준우의 표정을 살폈다. 하지만 포커페이스를 넘어 너무나 평온한 표정이라 전혀 읽을 수 없었다. 그러나 실상은 평온을 가장하고 있지만 준우는 이미 분

당 2,000rpm, 초당 33회전의 속도로 머리를 굴리고 있었다.

"알겠어. 대신 내가 이기면 내일 촬영 때 내가 원하는 것도 하나 들어줘."

"좋아."

원하는 게 무엇이든 상관없었다. 혹시 남자친구가 없는 게 아닌가 하는 희망 섞인 의심이 준우의 심장을 빠르게 뛰게 하고 있었다. 그걸 확인할 마지막 기회를 놓칠 순 없었다, 절대로. 바로 가위바위보가 시작됐다. 빠르게 뛰던 준우의 심장이 순간 영원히 멎을 뻔했다. 효빈이 이겼다. 가위를 냈다. 준우는 자신이 그렇게 약속했기 때문에 보를 낸 것이 아니었다. 준우는 효빈이 보이는 것만큼 단순한 아이가 아니라는 걸 알고 있었기에 이기고 싶어 한다는 사실과, 그것을 이용할 자신을 역이용할 효빈의 심리를 또 이용하고 다시 역이용하려면 보를 내야 한다는 결론을 내려 보를 낸 것이었다.

"왜 가위를 낸 거야……."

준우가 세상 다 잃은 꺼져가는 목소리로 물었다.

"당연하잖아. 믿고 있다고."

효빈이 환하게 웃었다. 준우의 내비게이션이 다시 혼란에 빠졌다. 뭔가 또 최악이 되었다. 이 상황이 설레면 대체 어쩌라는 건지.

그날 밤 준우는 보를 낸 후회로 잠을 이룰 수 없었다.

✦ ✦ ✦

새벽녘에야 겨우 잠이 들었던 준우는 부랴부랴 효빈이 예약
해놓은 피아노 스튜디오로 향했다. 계획대로라면 효빈의 집에
서 같이 출발해야 했지만, 정오 넘어 일어나는 바람에 효빈이
먼저 가 있기로 했다. 준우가 정신없이 급하게 택시를 잡는데
휴대폰이 울렸다. 마지막 타임 예약자가 취소한 덕분에 늦게
까지 스튜디오를 써도 된다는 효빈의 전화였다. 덕분에 준우
는 겨우 한숨을 돌릴 수 있었다.

도착해 스튜디오 안으로 들어선 준우는 효빈부터 찾았다.
그러나 효빈은 보이지 않고 핑크색 시폰 원피스를 입은 여성
이 의자들을 정리하고 있었다. 스튜디오 관계자인가 싶어 다
시 효빈을 찾는데 인기척을 느낀 그녀가 뒤를 돌아봤다.

"어? 왔어?"

순간 준우는 심장이 쿵 내려앉았다. 핑크색 시폰 원피스의
여성은 바로 효빈이었다. 안경도 쓰지 않고, 앞머리도 차분하
게 옆으로 넘기고, 색조 화장까지 했다. 준우는 핑크가 이렇게
아름다운 색인 줄은 처음 알았다.

"안 들어오고 왜 서 있어?"

"어······, 원피스가 정말 잘 어울려."

준우는 담담히 대답했지만 그건 얼이 빠져서일 뿐, 가슴은 주체할 수 없을 정도로 두근거리고 있었다.

"고마워."

효빈이 쑥스럽다는 듯 웃었다. 준우는 안경도 쓰지 않고 웃기까지 하는 효빈의 얼굴은 오늘 처음 봤다. 역시나 안경을 쓰지 않으면 더 예쁠 것이라던 자신의 예상이 정확했다. 그런데······ 묘하게도 무언가 알 수 없는 기시감이 고개를 들기 시작했다. 어디선가 본 적이 있는 것 같은······.

하지만 자리 정리를 끝내고 피아노 앞에 선 효빈의 모습에 기시감은 어느새 날아가버렸다. 핑크빛의 효빈은 새하얀 그랜드 피아노와 너무나 잘 어울렸다.

준우는 두근거리는 마음을 가라앉히려 스튜디오 안을 둘러보았다. 교외의 라이브 카페와도 같은 분위기가 나는 곳이었다. 앞쪽에는 그림 같은 하얀색 그랜드 피아노가 자리하고 있었고, 그 뒤로는 간이 의자와 테이블들이 여럿 갖춰져 있었다. 아마도 영상이나 사진을 위한 장소 제공 외에도 조촐한 연주회장 같은 역할도 하는 다목적 스튜디오로 보였다. 핑크색 원피스에, 이런 스튜디오까지, 이 모든 것을 남자친구에게 보낼

5분짜리 영상을 위해 준비했다는 사실이 준우의 마음을 착잡하게 했다.

　최종 리허설 후 곧바로 촬영이 준비됐다. 거치대로 스마트폰을 고정한 채 연주하는 두 사람만 찍는 간단한 촬영이었다. 이러려면 이 좋은 곳을 빌릴 필요가 있었나 싶을 정도로 과한 설정이었다. 그러나 효빈은 진지하게도 마치 연주회를 하는 피아니스트인 양 있지도 않은 관객들을 향해 인사했다. 이상하긴 했지만 핑크색 시폰 원피스에 비하면 충분히 효빈이다운 일이었다.

　효빈이 동영상 촬영 버튼을 눌렀다. 최종 리허설과 다르게 준우가 자꾸만 실수를 했다. 집중이 되지 않았다. 이렇게 진심으로 준비한 걸 보면 남자친구가 진짜로 있는 거 같기도 하고, 그렇다면 촬영이 끝나면 이젠 못 만나나 걱정이 되기도 하고, 그 와중에도 효빈인 너무 예쁘고……. 오만가지 생각들로 한 시간이 속절없이 흘러갔다. 준우 스스로도 어이가 없을 정도였다. 마지막 자존심을 발휘한 준우는 필사적으로 뇌를 비우고 오로지 관성에 의지해 손가락을 움직였다. 결과는 드디어 성공!

　"수고했어. 고마워."

효빈이 준우를 바라보며 활짝 웃었다. 이상하게도 준우는 기뻐하는 효빈이 섭섭했다. 영원히 끝내지 못할 것 같던 촬영이 성공한 것에 스스로 안도하면서도 그랬다. 효빈은 마지막으로 객석을 향해 인사를 하고는 촬영 버튼을 껐다.

"영상 한 번 볼까?"

"이렇게 남자랑 찍어 보내면 남자친구가 과연 좋아할까?"

또다시 꽈배기 공장이 돌아갔다.

"응?"

사실은 그 반대였다. 이렇게 힘들여 한 연주를 남자친구라는 녀석도 본다는 게 준우의 기분을 별로로 만들었다. 효빈과 둘만 간직하고 싶었다.

"훗―, 괜찮아. 걘 마음이 넓어 남자사람친구 정도는 이해해."

그 순간이었다. 준우가 효빈의 입술에 가벼운 키스를 했다.

"……!"

"친구랑은 키스 안 하잖아."

미친 거 아니냐고 묻지 마라. 미친 지 오래다.

"좋아해."

효빈의 눈동자에 미묘한 파문이 일었다. 하지만 효빈은 이내 웃으며 농담처럼 넘겼다.

"나도."

"단순히 좋아한다는 거 아니야. 네 시간을 뺏고 싶지 않아서 헤어졌지만, 한순간도 널 좋아하지 않은 적이 없어."

효빈은 내심 놀랐다. 준우가 일방적으로 멀어졌던 이유를 처음 알게 되었기 때문이다. 싫어서 헤어진 게 아니었다는 게 다행이고 기쁘면서도 한편으로는 슬펐다. 역시 내 병을 알고 있구나 싶었다. 그렇다면 더더욱 확실히 할 필요가 있었다. 효빈은 웃음기를 거뒀다.

"나 남자친구 있잖아."

"내가 없을 때 일어난 일은 전부 무효야."

"……미안. 나 그 애 사랑해. 너무 많이."

"……그렇게 좋아? 내가 대신할 수 없을 정도로……?"

"어."

"…….."

충격이었다. 긴가민가했던 걸 한방에 돌이킬 수 없는 긴가로 만든 확인 사살이었다.

"미안."

그러나 아직은 멘탈을 꽉 붙잡아야 했다.

"하―, 정말로 사랑하는 사람을 만났구나. 다행이다."

준우는 마치 그냥 시험해본 거라는 듯 담담한 표정으로 빙긋 미소 지었다.

"응, 그러니 너도 좋은 사람 만나고, 바라던 대로 세계적인 과학자도 되고 그래. 그게 내가 원하는 거야. 어제 약속했지? 가위바위보 이기면 들어주기로."

"······너도 그 친구랑 행복하고."

"응."

효빈이 흔쾌히 답했다. 준우의 꿈만 같던 일주일은 그렇게 마무리되었다.

스튜디오 뒷정리를 끝낸 후 준우는 효빈을 집에 데려다주고 내일도 다시 만날 것처럼 쿨하게 헤어졌다. 그러고는 귀가해 자기 방 침대에 쓰러지듯 누웠다.

✦ ✦ ✦

그 후 준우는 사흘을 앓았다. 자존심에 효빈 앞에선 허세를 부렸지만 몸과 마음은 솔직했다. 짐작하고는 있었지만 다른 남자를 사랑한다는 말을 효빈이 입으로 직접 듣다니······. 그 것도 키스 직후에······. 게다가 아무 미련도 없다는 듯 좋은 사람을 만나라니······. 창피하고 민망해 거미줄에라도 목을 매고 싶은 심정이었다. 애초에 자신은 효빈과 함께해서는 안 되는데 주제를 망각하고 욕심을 부린 벌 같았다.

부모님은 젊은 애가 무슨 한여름 감기를 이렇게 지독하게 앓느냐고 걱정했지만 분명 감기는 아니었다. 열이 내린 셋째 날이 되어서야 준우는 겨우 사태를 차분하게 돌아볼 수 있었다. 어쩌면 모든 게 예정된 절차였는지도 모른다는 생각이 들었다. 고장 난 내비게이션을 달고 풀 액셀까지 밟았으니 대형 사고가 나는 게 당연했다.

그렇게 꼬박 사흘을 앓은 뒤, 준우는 자리를 털고 일어났다. 오랜만의 외출이었지만 효빈네로 발걸음하진 않았다. 효빈이 그렇게 확실하게 선까지 그어줬는데 이미 깨져버린 달걀을 보고 병아리를 꿈꿔봐야 총 맞고 뻥 뚫린 가슴만 아려올 뿐이다. 준우는 효빈에게 좋은 기억으로 남고 싶지, 지질하게 매달리는 껌 같은 존재가 되고 싶지 않았다.

준우는 비록 효빈 남자친구라는 사람의 사진이나 통화를 하는 모습을 본 적은 없지만 믿음, 소망, 사랑이 본 적이 없다고 존재하지 않는 것이 아닌 것처럼 효빈의 남자친구도 분명히 존재하고 있을 거라고, 그렇게 생각하기로 했다. 덕분에 생각지도 못했던 꿈만 같은 일주일을 보낼 수 있었으니 그것으로 만족이었다.

그날 밤도 효빈은 대문을 등지고 앉아 음악을 들었다. 이어폰을 끼고 괜스레 편의점에도 가보았다. 하지만 촬영일 이후로는 한 번도 준우를 느낄 수 없었다. 준우가 아팠다는 것을 몰랐던 효빈은 더 이상 자신의 곁을 맴돌지 않는다는 것에 안심하고 이모와 약속한 날 입원을 했다.

준우는 그 이후 가끔 습관적으로 효빈의 집 앞을 스치듯 지나갔지만, 효빈의 오두막에도…… 효빈의 방에도 불은 켜 있지 않았다.

이후 준우는 우연이라도 더 이상 효빈의 집을 찾지 않았다. 그저 효빈의 행복을 빌었다. 남자친구와 함께 행복해 그 짧은 삶이 조금이라도 더 길어질 수 있기를…….

*12

또 1년 후

준우는 과학관 넓은 강의실에 혼자 덩그러니 앉아 있었다. 강의 시작 시각이 5분이나 지났는데도 강의실엔 아무도 없었다. 준우는 앞문 뒷문을 번갈아 쳐다봤다. 개미 한 마리 기웃거리는 기미조차 없었다. 준우는 당황하지 않았다. 또 그랬을 뿐일 테니 말이다. 준우는 침착하게 친구에게 메시지를 보냈다.

[통계 물리학 취소됨?]

[? 지금 강의 중]

[아무도 없는데? 과학관]

[오늘은 제2 실험동이랬잖아. 지난 시간에 졸았음?]

그럼 그렇지. 아마도 교수님이 강의실 변경을 알릴 때 시간이 건너뛴 듯싶었다. 준우는 문득 창밖을 내다봤다. 벚꽃이 바람에 눈발처럼 날리고 있었다. 그 모습을 가만히 보고 있자니 아마도 오늘 내일이면 작별이 아닐까 싶었다. 준우는 기왕 이렇게 된 거, 강의보다는 벚꽃과 작별이나 할까도 싶었다. 강의를 듣건, 벚꽃 아래를 거닐든 어차피 성공 못 하고 죽을 인생인데 말이다.

그 순간 휴대폰 진동이 울렸다. 누군가 싶어 발신자를 확인해보던 준우는 깜짝 놀랐다. 휴대폰에선 반가운 목소리가 흘러나왔다.

준우는 뛰다시피 과학관 건물에서 나왔다. 통계 물리학 강의에 들어가야 한다는 것은 이미 잊은 지 오래였다. 준우는 무얼 봤는지 걸음을 멈췄다. 나경이 준우를 기다리며 주변을 천천히 둘러보고 있었다. 준우는 그런 나경을 향해 환한 얼굴로 다가갔다.

"나경아!"

나경은 준우를 보고 엷은 미소를 지었다.

준우와 나경은 캠퍼스를 걸으며 이야길 나눴다. 꽃눈이 두 사람의 어깨 위로 내려앉았다.

"최고 대학이라 그런지 모든 게 멋있어 보이네."

나경도 원하던 대로 약대에 들어가긴 했지만 원하던 학교엔 들어가진 못했다. 그래서인지 목표했던 학교와 학과에 정확하게 진학해 꿈을 향해 나아가고 있는 준우가 조금은 부러웠다.

"편견이야, 편견. 너희 캠퍼스가 더 예뻐."

준우의 이 말은 진심이었다. 언젠가 대학 축제 때 나경이 다니는 대학교에 간 적이 있었는데 캠퍼스가 고풍스럽고 굉장히 멋져 보였다. 나경이 위로가 고맙다는 듯 웃자 준우도 웃었다. 준우는 나경이 고등학생일 때에 비해 매우 차분해졌다는 걸 느꼈다.

"수업 들어야 하는데 방해된 거 아냐? 좀 기다려도 괜찮은데."

"아니, 전혀. 그보다 많이 놀랐어. 갑자기 우리 학교에 왔다고 해서."

"3년 만이지? 이렇게 만난 거."

"벌써 그렇게 됐나?"

준우는 대수롭지 않은 듯 반응했지만 사실은 준우가 나경의 전화에 한걸음에 달려온 건 혹시라도 효빈 소식을 들을 수 있을까 싶어서였다.

지난여름 이후에도 준우는 여전히 효빈을 잊지 못하고 있었다. 단지 좀 더 익숙해져 가고 있었다. 잊은 척하는 데에 말이다. 덕분에 준우는 본심을 숨기고 대화의 흐름상 묻는 척 자연스럽게 물었다.

"그때 멤버들은 다 잘 지내지? 지수랑 보영이랑…… 효빈이……."

나경의 대답을 기다리며 준우는 약간 긴장했다. 그런데 나경은 대답 대신 뜬금없는 이야길 했다.

"너랑 잘됐음 효빈이도 이 캠퍼스에 있었을까?"

나경은 무심한 표정이었지만 준우는 내심 씁쓸해졌다. 준우 스스로도 가끔 해보는 질문이었기 때문이다. 하지만 미래의 나도 효빈을 잘 몰랐고, 효빈도 다른 사람을 사랑하게 된 걸 보면 헤어졌던 게 순리였던 것 같기도 했다.

"글쎄, 그런 게 뭐 의미 있나? 효빈이도 대학 잘 다니고 있는데."

이에 나경이 무슨 소리냐는 듯한 눈으로 준우를 쳐다봤다.

"효빈이 대학 안 갔어. 수능도 안 봤고."

"그럴 리가."

믿을 수 없었다.

동시에 어떤 기억 하나가 불현듯 떠올랐다.

준우는 수능 시험장에서 어떤 학생과 계속 마주쳤다. 야구 모자를 깊게 눌러쓰고 마스크까지 해서 얼굴을 확실하게 볼 수는 없었지만 효빈과 매우 비슷한 느낌이었다. 1, 2, 5교시 시험 후 쉬는 시간엔 복도에서 마주쳤고, 4교시 시험 후 쉬는 시간엔 화장실 앞에서 마주쳤다. 어찌나 자주 마주쳤던지, 궁금해서 얼굴을 확인해보고 싶은 마음도 들었다. 그러나 효빈이 아닐 게 뻔했다. 남학생들 수험장에 여자인 효빈이 들어와 있을 리 없었다.

그 후 준우는 그 일을 까맣게 잊고 있었다. 하지만 지금 와서 효빈이 수능을 보지 않았다니 설마 했던 그 의심이 다시 살아났다.

"효빈이 수능 안 본 거 확실해?"

"어. 걔 나랑 같은 시험장, 같은 교실이었는데 그날 아예 안 왔어."

"……."

재차 확인해도 이해 안 가는 상황이긴 마찬가지였다. 애초에 수능을 보는 학교는 남녀 따로 배정을 받는 데다 배정받은 학교에 들어올 땐 신분증 검사까지 받기에 절대로 효빈일 수가 없었다. 게다가 효빈이 직접 자신은 생활디자인을 전공하고 있고, 대학에서 남자친구도 만났다고 했다.

어쨌든 중요한 건 현재였다. 이상한 건 나중에 효빈에게 직접 물어볼 수도 있는 일이었다.

"지금은 어떻게 지내는데? 소식 알아?"

준우는 일단 효빈이 근황부터 물었다. 나경은 걸음을 멈추었다. 준우도 따라서 멈추었다. 준우는 왜 그러나 싶어 나경을 쳐다보았다. 나경이 지그시 준우를 바라보고 있었다. 나경은 뭔가 결심한 듯한 표정을 짓더니 천천히 입을 뗐다.

"⋯⋯내일이 효빈이 발인이야."

"뭐⋯⋯?"

잘못 들었나 싶었다.

"그래서 왔어. 아무래도 알려줘야 할 것 같아서."

"말도 안 돼⋯⋯."

준우의 목소리가 떨렸다.

"그럴 리 없어. 이제 겨우 스물하나잖아. 농담이지?"

"지병이 있었어, 그 애. 그래도 네 말대로 스물하난데⋯⋯."

나경은 잠시 말을 잇지 못하다 다시금 이어갔다.

"약을 제대로 안 먹었나 봐."

준우의 머릿속이 새하얘졌다.

"나도 얼마 전에 생각나서 연락했다가⋯⋯."

나경이 또 말을 잇지 못했다. 눈물이 자꾸 나오려 해서였다. 그래도 전해야 한다는 생각에 나경은 감정을 추슬렀다.

"너한텐 알리지 말라고 하도 부탁해서⋯⋯."

나경은 눈가를 닦으며 이야기를 계속했다.

"미안해. 갑자기 이런 소식 전해서. 연락했을 때 이미 오래 전부터 병원 생활을 하고 있었어."

"……언제부터였는데……."

"내가 연락한 건 11월이었고, 7월 말부터 계속 입원했다고 하더라고."

7월 말이면 피아노 동영상을 찍은 직후였다.

준우는 더 이상 버티지 못하고 휘청였다. 숨이 제대로 쉬어지지 않았다.

나경은 놀랐지만, 급한 대로 근처 잔디밭에 준우를 앉아 쉬게 하고 마실 것을 사 왔다. 그러나 준우는 단 한 모금도 넘길 수 없었다. 나경은 비록 한때였어도 준우가 효빈을 정말로 좋아했구나 싶어 마음이 아려왔다. 하지만 일단은 준우를 진정시켜야 했다. 준우의 얼굴은 금방이라도 죽을 사람같이 창백했다.

"너무 슬퍼하지 마. 그 애, 행복하게 떠났어. 남자친구 덕분에."

"……봤어? 그 남자친구라는 사람."

나경은 대답 대신 고개를 저었다.

"사실 나도 잘 모르겠어. 남자친구랑 연주했다는 피아노 영

상을 들려주며 자랑을 해댔는데, 화면은 보여주지 않고 들려
주기만 했거든."

"……피아노……, 어떤 곡이었는데……?"

준우의 목소리가 살짝 떨렸다.

"〈캐논 변주곡〉이었어."

"……!"

준우는 그래도 설마 싶었다. 남자친구와도 그런 연주 영상
을 찍었을 수도 있으니 말이다. 하지만 나경이 들려준 다음 이
야기에 가슴이 무너지지 않을 수 없었다.

✦ ✦ ✦

효빈이 병원에 입원해 있는 것을 알고 걱정된 마음에 당장
에 병문안 갔던 나경은 효빈의 병세가 심상치 않다는 걸 느낄
수 있었다. 나경은 그길로 지수와 보영에게 알렸다. 준우에게
도 연락하려고 했지만 효빈이 극구 말려서 효빈 뜻대로 해주
었다. 좋아하던 사람에게 아픈 모습을 보이기 싫은 마음이 이
해가 갔다.

보영과 지수는 지방에서 기숙사 생활을 해 자주 오진 못했
지만 나경은 시간이 나는 대로 효빈을 보러 갔다. 가뜩이나 아

싸였는데 대학도 가지 않았으니 찾아올 친구가 없을 것 같아서였다. 그런데 의외로 효빈이에겐 남자친구가 있었다.

"진짜 현실 남친이 있다고? 네가?"

"응, 들어볼래? 우리 둘이 피아노 연주하는 영상도 찍었다."

효빈은 자랑스레 휴대폰에 저장된 영상을 재생시켜 연주를 들려주었다.

"오……, 너, 사람 복장 터지게 하는 재주만 있는 줄 알았더니 언제 이렇게 피아놀 배웠어? 진짜 너 맞아?"

"맞아."

효빈은 화면의 반을 가려 자기 얼굴만 보여줬다.

"남자친군 왜 가려?"

"비밀."

효빈은 나경의 협박과 회유에도 절대로 남자친구 얼굴을 보여주지 않았다. 하지만 나경도 포기할 스타일은 아니었다. 아무리 바쁜 남자친구라 해도 크리스마스니 잠깐이라도 들르겠지 생각해, 나경은 크리스마스이브부터 크리스마스까지 1박 2일 숙식까지 하며 효빈의 병실을 지켰다. 하지만 남자친구라는 사람은 끝내 오지 않고 나경은 결국 폭발했다.

"그 인간, 너무하는 거 아냐? 어떻게 크리스마슨데 안 올 수가 있어?"

"훗―. 우린 크리스마스 같은 거 필요 없어."

"화 안 나? 안 서운해?"

"응, 나한테 정말 특별한 날은 그 애와 함께 있어 평범해지는 날이야. 그래서 기념일 같은 거 신경 쓰지 않아."

나경은 그게 뭔 개소리냐는 말이 턱밑까지 차올랐지만 평소처럼 내뱉진 않았다. 효빈의 표정에서 그 어떤 허세나 꾸밈을 찾아볼 수 없었기 때문이다. 효빈은 진심으로 평온해 보였다.

"대신 네가 같이 있어 줬잖아. 너 때문에 후회가 하나 더 생겼어."

"무슨 후회?"

"친구 없이 산 거."

효빈이 빙긋 웃었다. 나경은 그 미소가 슬퍼 보였다. 이 역시 진심이 느껴졌기 때문이다.

"네가 친구 잘못 사귀어 인생 망치고, 아, 내가 이렇게 사람 보는 눈이 없나, 사람이 무섭다, 세상이 무섭다, 귀신이 무서웠을 때가 그립다, 이러며 찔찔 안 짜봐서 그렇지, 요즘은 친구가 뒤통수치는 시대라 없는 게 나아."

나경다운 위로에 효빈은 역시 친구는 소중하다는 걸 다시금 느꼈다. 상냥함의 방식은 각자 다른 법이니까.

그래서였을까. 효빈은 이모에게도 말하지 않은 비밀을 나경에게 털어놓았다.

"나 사실……, 피아노 영상 찍을 때……, 남자친구한테 고백 받았어."

"정말? 뭐라고?"

"좋아한다고. 한순간도 날 좋아하지 않은 적이 없다고."

"와……, 대박."

"너무 기쁘면서도 슬펐어. 그동안 약을 제대로 안 먹은 게 막 후회되더라. 하지만 그 고백 덕분에 난 행복하게 떠날 수 있어."

"……."

"있잖아, 나경아."

"응……."

나경의 목소리가 울음이 차 살짝 떨렸다.

"추억을 갖는 건 행복한 것 같아."

효빈이 활짝 웃었다.

나경은 그 미소를 죽을 때까지 잊지 못할 것 같았다. 효빈의 미소는 정말로 행복해 보였다.

◆ ◆ ◆

"그래서인지, 3개월을 못 넘길 거라고 했는데 3개월하고도 6개월을 더 살았어. 얼굴 한 번 본 적 없고, 효빈의 죽음을 알릴 연락처도 모르지만 난 남자친구가 있다는 효빈이 말 믿어. 그리고 효빈일 웃으며 떠나게 해줘서 감사해."

"……."

나경의 말에 준우는 아무 말도 할 수 없었다. 말이 마음을 따라가지 못하고 있었다.

집에 돌아온 준우는 씻지도 않고 방으로 향했다. 무슨 정신으로 집까지 왔는지 모를 지경이었다. 아니, 나경과 어떻게 헤어졌는지도 기억이 안 났다.

넋 나간 얼굴로 방에 들어온 준우는 힘없이 가방을 떨구고 무너지듯 털썩 침대에 걸터앉았다. 정신이 멍했다. 오늘 내가 무슨 소릴 들었나 싶었다. 미래의 나는 분명 효빈이 서른셋에 죽었다고 했다. 그것을 성경처럼 믿었다. 그런데 효빈이 죽었단다, 겨우 스물하나에…….

혼란에 휩싸여 그렇게 한참을 가만히 앉아 있던 준우가 고개를 들었다. 준우는 천천히 방 안을 둘러보았다. 책상과 침대

위, 벽면 곳곳에 효빈의 사진이 가득했다. 그 사진 중 교복을 입고 준우와 함께 밝게 웃으며 찍은 사진에서 시선이 멈추며 눈물이 뚝뚝 떨어졌다. 이렇게 좋아했고, 이렇게 못 잊는데 효빈의 시간을 빼앗지 않으려 한 선택이…… 최선이라고 생각했던 선택이…… 최악의 결과를 낳고 말았다. 후회가 멈추지 않았다. 인간은 순간순간 충분히 행복해도 그것을 모르고 절망의 나락으로 가야 그때가 좋았다고 느끼는 어리석은 존재라더니 정말로 내가 그렇구나 싶었다.

준우는 효빈의 병을 알게 된 그 시절이 인생에서 가장 힘든 때였다고 생각했다. 하지만 지금 돌이켜보니 그 시절도 충분히 행복한 시간들이었다. 그때는 적어도 효빈이 세상에 존재했다. 그런데 그 행복을 걷어차고 혼자만의 독선으로 효빈에게 상처를 주고, 최악의 결과를 만들어버렸다.

준우는 자책감에 눈물을 멈출 수 없었다. 무엇보다도 자신을 많이 사랑하는 효빈을 혼자 쓸쓸하게 떠나게 했다는 미안함에 준우의 마음은 찢어질 듯 아팠다. 자신의 고백을 받아줄 수 없었던 효빈의 마음이 헤아려져 참을 수 없는 슬픔이 밀려왔다. 너무 늦은 고백이었다. 너무……. 너무…….

다음 날. 병원 장례식장의 운구 차량은 떠날 시간이 되었는데도 출발하지 못하고 있었다. 나경과 보영, 지수가 차에 오르지 않고 있기 때문이었다. 세 사람은 운구 차량 앞에서 초조한 얼굴로 준우를 기다렸다.

"안 오려나 봐."

보영이 체념한 듯 말했다.

"미안해선가……."

지수도 동의했다. 그러나 나경은 말없이 손목시계의 시간만 확인했다. 오전 10시 14분. 분명 9시까지, 늦어도 운구 차량이 출발하는 10시까지는 와달라고 했는데 벌써 10시하고도 14분이나 지나 있었다. 상복을 입은 효빈의 이모가 운구 차량에서 내려 세 사람에게로 다가갔다. 눈이 퉁퉁 부은 초췌한 얼굴의 이모는 마른 목소리로 힘없이 말했다.

"어서들 타. 그만 가야지."

효빈의 이모도 세 사람이 누구를 기다리고 있는지 짐작하고 있었다. 하지만 굳이 누구인지 물어보진 않았다. 효빈은 이모에게도 준우에게 알리지 말아달라고 신신당부했다. 그럼에도 이모는 내심 준우를 간절히 기다렸다. 준우가 와준다면 효빈도 분명 기뻐할 것이라고 생각했다.

하지만 다음 예약이 있는 운구차를 더 이상 지체할 수 없는 데다 오지도 않을 준우를 효빈이 계속해 기다리게 할 순 없었다. 이모는 자신이 정말로 준우를 잘못 판단한 건지 의문이 들었다. 분명 준우는 효빈에게 매우 좋은 영향을 미칠 아이였다. 너무나 확실하게 보였다. 그러나 효빈이 이렇게 단명하리라는 것조차 몰랐던 거 보면 자신의 예지력도 모두 엉터리였다는 회의가 들었다.

보영과 지수가 먼저 운구 차량에 올랐다. 나경은 차에 오르면서도 혹시나 싶어 몇 번을 뒤돌아봤다. 준우가 안 올 리가 없었다. 자신이 아는 준우라면 단순히 아는 친구였어도 반드시 왔을 텐데 소식을 듣고도 안 오고 있는 게 이해가 가지 않았다.

걱정이 된 나경은 자리에 앉자마자 바로 준우에게 전화를 했다. 신호가 길게 가도 준우는 받지 않았다. 나경은 정말로 사고라도 났나 싶어 불안해졌다. 그런데 이때 통화가 연결되더니 잠시 후 준우의 목소리가 흘러나왔다. 속삭이듯 아주 작고 낮은 목소리였다.

"어."

"어디야? 지금 운구차 떠나."

"미안, 나 못 가. 도서관이라 통화도 힘들어. 끊을게."

전화는 일방적으로 끊겼다. 나경은 어이가 없었다. 도서관이라니? 이해의 차원을 떠나 너무나 화가 났다. 대체 무슨 중요한 공부나 시험이 있기에 하루 시간도 못 낸다는 건지 이해할 수 없었다. 나경은 눈물이 흘렀다.

　사실, 준우를 만나고 온 어젯밤, 나경은 효빈 이모와 함께 효빈의 유품들을 정리하며 효빈이 보여줬던 피아노 영상 속의 남자친구를 확인했다. 놀랍게도 바로 준우였다. 그래서 더 기다렸다. 아니, 올 거로 확신했다. 그런데 겨우 이런 애였다니……. 여기에 오는 것보다 더 중요한 게 뭐가 있을 수 있는지 나경은 절대로 이해할 수 없었다.

　나경의 전화를 끊은 준우는 자리로 되돌아와 다시 공부에 집중했다. 물리학 전공 서적들을 여러 권 펼쳐놓고 집중하는 준우의 눈빛에는 비장함까지 서려 있었다. 준우에게선 어제의 슬픔도 후회도 찾아볼 수 없었다.

　나경이 한 마지막 말만이 준우의 가슴에 아로새겨져 있었다.

　"그날…… 무슨 수를 써서라도 고백시켰어야 했는데. 이럴 줄 알았으면 말이야. 물론 그때의 너는 안 받아줬을지도 모르지만, 그래도 자기 마음 표현은 해볼 수 있었을 텐데 그게 참 아쉬워."

　"그날……?"

　"어, 그날."

*13

4년 전, 그날

방과 후 학교 운동장은 축구를 하는 남학생들과 그것을 구경하는 여학생들로 인해 소란스러웠다. 축구를 하는 남학생 중에 준우가 끼어 있었기 때문이다. 여학생들은 스탠드에 무리 지어 앉아 일방적으로 준우를 응원했다. 준우에게 공이 가면 소리를 지르며 환호하는 것은 기본이고 준우가 슛이라도 날리면 벌떡 일어나 소리치는 등 그야말로 난리였다. 어찌나 시끄러운지 그들과 일부러 떨어진 곳에 앉아 구경하고 있던 나경과 지수, 보영도 시시각각 터져 나오는 환호에 얼굴이 절로 찌푸려졌다.

"아, 거참, 불난 집 개도 저것들보단 조용하겠다."

나경이 참다못해 짜증을 냈다.

"차라리 준우가 효빈이 거로 소문났을 때가 좋았는데. 빈집 털이하려는 것들 때문에 제대로 감상도 못 하겠어."

보영도 불만을 표했다. 이때 또 찢어지는 환호성이 들려왔다. 나경은 결국 귀를 막았다. 지수도 지금의 상황이 한탄스럽긴 마찬가지였다.

"매일 같이 점심 먹던 때가 좋았……"

지수는 말을 끝까지 잇지 못했다. 저 멀리 쓸쓸한 표정으로 준우를 바라보고 있는 효빈을 발견했기 때문이다. 지수는 손가락으로 효빈을 가리켰다.

"저기―, 저기 좀 봐."

나경과 보영이 지수가 가리키는 곳을 돌아봤다.

효빈이 귀가하려다 잠깐 걸음을 멈춘 듯 가방을 멘 몸은 교문을 향하고 있고, 고개만 운동장에서 축구하고 있는 준우 쪽을 바라보고 있었다.

그런 효빈의 모습을 보니 나경의 마음은 무거웠다. 점심 멤버를 해체한 지 3개월이 더 지났는데도 미련을 못 버리고 있는 게 분명했다. 차라리 자신들처럼 친구로 지내다 소원해졌음 이렇게 당당히 쫓아다닐 수 있지만 효빈은 사귀다 헤어진 것같이 돼버려 그마저도 어색했다. 나경은 그런 생각들에 마음이 착잡했다. 반면 나경의 마음을 알 리 없는 보영은 거침없이 혀를 찼다.

"준우 같은 애가 효빈이한테 오래 관심 가질 리 없지."

"동정심이었지, 뭐. 효빈이만 후유증 크겠네."

지수도 맞장구쳤다. 순간 나경의 마음속에서 무언가가 치밀어 올랐다. 대부분의 학생들이 효빈과 준우 관계에 대해 보영이와 지수처럼 떠들어댈 것 같았다. 한마디로 효빈이만 바보 되고 끝난 것이다. 효빈은 보통의 여자아이들과 달리 준우와의 관계를 되돌리기 위한 그 어떤 노력도 하지 않았다. 그 이유를 나경은 짐작하고 있었다. 그걸 생각하니 사정 모르는 것들이 효빈에 대해 이러쿵저러쿵 떠든다는 게 괜스레 화가 났다. 나경은 무언가 결심한 표정으로 자리에서 벌떡 일어나 두 사람에게 일갈했다.

"그래서 너희들 그냥 손 놓고 있을 거야? 친구잖아!"

"친구?"

"아직도? 쟤 이제 준우랑 안 친하잖아."

지수와 보영이 의아해했다. 준우의 요구대로 점심 같이 먹는 멤버들이 해체되면서 세 사람도 효빈과 다시 예전과 같이 데면데면한 사이가 되었다. 딱히 멀리하려 작정한 건 아니었지만 효빈이 상처가 컸는지 혼자서만 있으려 했다. 세 사람도 굳이 그런 효빈에게 다가가지 않았다. 지수와 보영은 효빈이 효용 가치가 없어져 나경도 무관심해진 거로 생각했다. 하지만 사실 나경은 효빈이 늘 신경 쓰였다. 건드리지 않는 게 상처를 덧나지 않게 할 것 같아 내버려 뒀을 뿐이었다. 그러나 아직도 저렇게 미련이 남은 듯한 모습을 보니 더는 보고만 있을 수 없었다.

"그러니까! 준우 다른 여자애들한테 뺏기고 싶어?"

"아니."

지수가 답했지만 보영도 같은 마음이었다. 스스로가 준우의 여자친구가 될 수 없다면 잘난 여자친구가 생기는 것보단 적당히 만만한 효빈이 여자친구인 게 마음이 더 편했다.

"그럼 당장들 따라와."

나경이 앞장서 걸었다. 지수와 보영은 의아하다는 듯 나경의 뒷모습을 쳐다보았다.

"은근 되게 챙기지 않니?"

"응, 지난번 효빈이 혼자 청소 덤터기 썼을 때도 심심하다며 청소하고 가자고 하더니."

"그렇지, 아무리 심심해도 미치지 않은 이상 교실 청소는 안 하지."

"안 올 거야?"

나경이 두 사람을 돌아보곤 외쳤다. 나경이 무슨 생각을 하고 있는지 모르겠지만 따라가지 않을 수 없었다. 앞서 걸어가고 있는 나경의 표정이 비장했다.

사실, 나경은 효빈의 비밀을 알고 있었다. 언젠가 효빈이 전교 1등을 했던 날, 나경은 보영과 함께 효빈의 책가방을 뒤져 점쟁이급인 요약 노트들을 찾아냈다. 망을 보던 지수가 효빈이랑 준우가 오고 있다고 경고해, 보다 말고 허겁지겁 다시 책가방 속에 쑤셔 넣긴 했지만 그 덕에 이상한 것들을 발견했다. 효빈의 책가방 한구석에 약병들이 가득했다.

나경은 약국집 딸다운 호기심이 발동했다. 건강해 보이는데 무슨 약을 이렇게 먹나 궁금해 휴대폰으로 재빨리 사진을 찍었다. 그리고 방과 후 바로 부모님이 운영하시는 대형 약국으로 달려갔다. 혹시라도 머리가 잘 돌아가게 하는 약이 있다면 자신도 당장에 먹어야겠다고 생각했다. 나경은 손님들이 많은데도 새치기해 엄마에게 약 사진들을 보여줬다. 처음엔 기다리라고, 왜 이리 조급하냐며 혼내던 엄마도 사진을 보더니 표정이 심각해졌다.

"흠, 정말 네 친구가 이 약들을 먹어?"

"응, 무슨 약이야?"

"그 친구 부모님 모두 계시니?"

"두 분 다 돌아가신 거로 아는데."

나경의 대답에 엄마는 작게 한숨을 내쉬었다.

"그렇구나……. 희소병의 일종인데 불치병이야. 유전성. 발병 후 10년 정도 살려나? 보통은 20대에 발병하는데 얘는 일찍부터 먹네. 큰일이네."

엄마의 말이 끝나기도 전에 나경의 눈이 놀라 동그래졌다. 문득 효빈이 했던 말들이 주마등처럼 스쳐 지나갔다.

효빈이 달리기에서 이긴 걸 시비 걸려다 준우 때문에 흐지부지되고 처음으로 같이 점심을 먹었던 날이 떠올랐다. 그날 효빈인 밥을 먹다 말고 모두가 같이 먹는 이 시간이 추억이 될 것 같아 겁이 난다며 눈물을 흘려 모두를 당혹스럽게 했다. 준우가 효빈에게 꿈이 뭐냐고 물었을 때도 효빈인 그런 거 없다고, 그다지 뭘 하고 싶다든가, 그런 걸 그리며 살아오질 않았다는 이상한 답을 했다. 그래서 그런 말들을 했던 거구나……. 자기 운명을 아니까…….

나경의 눈빛이 흔들렸다. 마음 한구석이 찌르르 울렸다. 효빈은 앞으로 생일이 열 번도 안 남은 거구나…… 하는 데까지 생각이 미치자 나경은 바로 엄마를 졸라댔다.

"엄마, 내일 애 생일이야. 케이크 진짜 좋은 거로 주문 좀 해줘, 응?"

 그렇게, 다음 날 나경은 고급 호텔의 2단 초콜릿 케이크를
가지고 효빈의 생일 파티에 참석했다.

 효빈은 어리둥절했다. 축구하는 준우를 보고 있었을 뿐인데
갑자기 나경과 지수, 보영이 나타나더니 막무가내로 효빈을
끌고 갔기 때문이다. 효빈은 자신의 양팔을 낀 지수와 보영에
게 어디 가는 거냐고 몇 번이나 물었지만 시끄럽다는 핀잔만
돌아왔다. 잠시 후 앞서 걷던 나경이 그에 대한 답이라는 듯
어느 옷가게 앞에 우뚝 멈춰 섰다.

 세 사람은 대체 왜 옷가게로 끌고 온 건지에 대한 설명도 없
이 입어보라며 옷들을 잔뜩 효빈에게 안겨줬다.

 "너희 쇼핑하는 거 아니었어?"

 "네 옷 골라주는 쇼핑이야. 돈은 천천히 갚아도 되니까 일단
다 입어 봐."

 나경은 대답하면서도 계속 옷을 골랐다. 효빈은 난감해졌다.

 "이런 옷 필요 없어. 나한테 어울리지도 않아. 옷가게 매상
올리려는 거면 내가 직접 고를게. 우리 이모 옷으로."

 이에 나경은 옷 고르던 것을 멈추고 무서운 눈으로 효빈을
노려봤다. 효빈은 순간 움찔했다. 달리기에서 이겼던 날도 저

런 눈빛은 아니었다. 나경은 차갑고 건조한 어조로 효빈을 꾸짖듯 말했다.

"강매 아니야. 나 여기랑 아무 관계 없어. 명심해. 사람은 자길 낮추면 그만큼밖에 대접 못 받아. 학교에서든, 어디서든. 그리고 너도 미인은 아니지만 미인 바로 전 단계쯤은 돼."

나경다운 철학이었다.

"하지만……."

그렇다고 충고 한마디에 늘 자신감 없던 사람이 갑자기 드라마틱하게 변할 건 아니었다. 효빈은 여전히 자신 없어 했다. 이럴 땐 말로 해결될 일이 아니었다.

"뭐가 하지만이야. 어서 입고 나와ㅡ."

나경은 피팅룸으로 효빈을 밀어 넣었다. 지수와 보영은 골라놓은 옷들을 피팅룸으로 넣어줬다. 떠밀려 들어간 효빈이 피팅룸 문을 잠그고서야 나경은 할 일을 마쳤다는 듯 손바닥을 탁탁 털었다.

"정말 괜찮겠어?"

보영이 나경의 눈치를 살폈다. 나경이 뭘 하려는지 짐작했기 때문이다.

"후회 안 하겠어?"

지수도 조심스레 물었다. 이에 나경은 당당히 답했다.

"나 말이야, 누구를 위해 눈물 흘리고 희생하는 성격은 아니지만 일종의 세금 같은 거랄까."

정말 그랬다. 만약 준우가 확실하게 나경의 남자친구였다면 나경인 그 어떤 경우에도 준우를 양보하지 않았을 거다. 하지만 현재 준우가 남자친구도 아니고, 효빈이 저리도 미련이 남아 하는데 모른 척하는 것도 나경 성격엔 아니었다. 이 사회에서 떳떳하게 살아가려면 내키지 않아도 세금은 내야 하는 것처럼 효빈의 병을 안 이상 자책감 방지 차원에서라도 둘이 다시 잘되게는 해줘야 도리가 아닐까 싶었다.

"뭔 소리야?"

보영이 어리둥절해 묻자 나경은 별 얘기 아니라는 듯 가볍게 마무리했다.

"세상 살아가는 기본은 지키겠다고. 준우랑 멀어지느니 효빈이랑 친해지는 게 낫잖아."

"그야 그렇지."

"말해 뭐 해."

지수도, 보영도 동의했다.

옷가게는 시작에 불과했다. 다음은 안경점이었다. 효빈은 나경의 매서운 감시하에 렌즈를 골라야만 했다. 나경이 효빈의 외모에서 제일 한심하게 생각했던 게 바로 패션 감각이라고는 조금도 찾아볼 수 없는 안경이었다. 효빈은 옛날 영화에나 나올 법한 두꺼운 테의 안경을 쓰고 있었다. 효빈은 안경을 안 쓰면 안 썼지, 안경테를 바꾸긴 싫다고 고집을 피웠다. 이에 나경은 안경을 쓰지 말라고 단호하게 말하며, 렌즈를 고르게 했다. 안경을 쓰게 된 게 중학교 2학년 때부터였는데, 처음이자 마지막으로 아빠가 골라주신 안경테라는 말에 나경도 한발 물러선 것이다.

그다음 코스는 미용실이었다. 누가 봐도 부스스한 효빈의 헤어스타일은 특히나 앞머리가 문제였다. 나경은 헤어 디자이너에게 효빈의 전체 머리를 차분하게 펴고, 앞머리를 옆으로 넘기는 스타일을 요구했다. 효빈은 내심 좀 놀랐다. 오늘 나경이 옷가게와 안경점, 미용실을 돌며 한 지적들은 준우와 처음같이 급식을 먹었을 때 준우가 해줬던 조언들과 거의 비슷했다. 효빈은 자신의 스타일이 누가 봐도 지적하고 싶은 스타일이라는 걸 새삼 느끼면서도 한편으로는 씁쓸했다. 준우와 헤어지기 전에 했으면 좋았을걸……

안경을 벗고, 핑크색 시폰 원피스에, 새로 한 머리로 완벽 변신한 효빈의 모습은 변신을 넘어 환생 수준이었다.

"흠, 잘 어울리네."

"이게? 영 어색하고 이상한데……"

내심 만족한 나경과 달리 효빈은 자신의 모습이 너무나 낯설었다.

"그건 네 사정이고. 남이 보기엔 얄미울 정도로 예뻐졌어."

"······고마워."

예뻐졌다니 쑥스럽지만 싫지는 않았다. 그러나 나경은 한마디를 덧붙였다.

"칭찬 아니야. 얄밉다는 거지."

효빈은 바로 머쓱해졌다.

"얘들아—."

나경이 지수와 보영에게 눈짓을 했다. 그러자 지수와 보영이 각각 효빈의 팔짱을 꼈다. 나경이 앞장을 서자 지수와 보영은 효빈을 끌고 나경을 따라갔다.

"왜, 왜 이래······? 또 어디 가는데?"

효빈의 물음에 여전히 아무도 답을 해주지 않았다.

세 사람이 효빈을 연행하듯 끌고 간 곳은 중앙공원이었다. 나경은 공원 안쪽으로 한참을 더 들어가고 나서야 걸음을 멈췄다.

"다 왔어."

효빈은 나경이 바라보고 있는 쪽을 쳐다보았다.

간이 농구 코트에서 준우가 현승, 재윤, 민환과 함께 농구를 하고 있었다.

"미안, 나 학원 가야 해."

효빈이 당황해 황급히 돌아서는데 나경이 효빈의 팔을 탁 잡았다.

"네가 언제부터 열공했다고! 이번 시험 성적도 뚝 떨어졌잖아."

"그건……."

"너한텐 준우가 필요해. 우린 준우 여자친구인 네가 필요하고."

지수도 나경 말이 맞는다는 듯 고개를 끄덕였다.

"그렇게 다섯일 때가 최강이었다고."

보영도 그 시절이 그리워 한마디 했다. 나경은 이야기를 계속했다.

"너 지금 꽤 괜찮아. 가서 너 하고 싶은 말 해. 준우한테 하고 싶은 말."

"그런 거 없어. 갑자기 인싸 되고 성적 올라 오히려 부담스러웠어. 지금이 좋아."

"추억 하나 없던 찐따가 비참하지, 뭐가 좋아!"

나경이 답답해 소리를 빽 질렀다. 그래도 효빈이 꿈쩍도

하지 않자 나경은 농구 코트 쪽으로 효빈의 등을 강제로 떠밀었다.

"잠깐, 잠깐, 잠깐만."

효빈은 떠밀리지 않으려 필사적으로 발바닥에 힘을 줬다. 그러자 지수와 보영도 가세했다. 세 사람이 함께 끌고 미니 효빈도 더 이상 버틸 수가 없었다.

"알았어, 알았어. 내가 혼자 갈 테니 놔줘, 잠깐. 할 말을 생각하고 가야 할 거 아냐."

"생각하고 말고가 어딨어! 하고 싶던 말 있을 거 아냐."

나경은 막무가내였다.

이때 준우는 막 드리블한 공을 재윤에게로 패스하고 있었다. 그림 같은 패스였다. 다시 공을 기다리던 찰나, 준우는 소란스러운 기척에 그쪽을 쳐다보았다. 그 바람에 준우와 효빈의 눈이 정면으로 딱 마주쳤다. 효빈은 소스라치게 놀랐다. 준우도 눈앞에 보이는 효빈의 모습에 놀란 듯 자리에 멈춰 섰다. 갑자기 나타난 것도 놀랍지만 평소의 효빈이 같지 않은 외모에 더더욱 놀랐다. 눈을 뗄 수가 없었다. 준우가 계속해 바라보자 더 당황한 효빈은 젖 먹던 힘까지 다해 세 사람을 뿌리치고 얼른 도망치듯 달렸다. 나경과 지수, 보영은 효빈을 잡으러 뛰어갔다.

"거기 섯! 야! 김효빈!"

나경이 고래고래 소리를 질렀지만 효빈은 가속도를 붙였다. 그 정신없는 광경을 준우가 멍하니 보고만 있는데 재윤이 패스를 했다.

"준우야!"

그제야 정신을 차린 준우가 돌아봤지만 이미 재윤이 패스한 공은 놓친 후였다.

"정신을 어디에다 둬?"

"미안."

준우는 씽긋 웃고는 공을 주워왔다. 다시 농구가 시작됐지만 준우는 농구에 전혀 집중할 수 없었다. 집중하려 해도 효빈이 사라진 곳을 돌아보게 되고, 혹시나 해 또다시 돌아보게 되고……. 준우의 눈동자엔 아쉬움과 쓸쓸함이 가득했다.

"거기 서래도!"

나경과 지수, 보영은 효빈을 잡기 위해 필사적으로 달렸다. 그러나 효빈과의 격차는 점점 더 벌어졌다. 결국 세 사람은 효빈을 놓치고 말았다. 효빈이 더 이상 보이지 않게 된 것이다. 그제야 나경도 포기하고 멈춰 서 숨을 골랐다. 뒤따라 뛰어오던 지수와 보영도 기진맥진해 멈춰 섰다.

"헉헉……."

"햐……, 역시 엄청 빠르네."

"되게 빠르다. 헐……."

세 사람 모두 입 밖으로는 표현하지 않았지만 달리기에서 효빈이 나경을 이긴 게 우연이 아니었다는 걸 새삼 깨달았다.

효빈은 아이들을 따돌린 것도 모르고 여전히 꽁지 빠지게 뛰었다. 잠시 후 왠지 뒤가 조용해진 느낌에 돌아보니 나경과 지수, 보영이 보이지 않았다. 효빈은 그제야 안도하고 달리기를 멈췄다.

"후……."

효빈은 가쁜 숨을 골랐다. 그러다 이내 얼굴이 화끈해졌다. 조금 전에 준우와 정면으로 눈이 마주쳤던 것이 생각났기 때문이다.

"으아……, 창피해……. 이런 우스꽝스러운 모습을 들키다니, 최악이야."

효빈은 괴로움에 머리를 막 헝클었다. 그 바람에 기껏 예쁘게 단장한 머리가 엉망이 되었다.

"아, 그래, 미용실부터 가자. 안경도 다시 쓰고. 다시는 이 스타일을 안 하면 난 줄 모를지도 몰라. 그래, 잘못 본 줄 알 거야."

해결책을 찾았다고 생각한 효빈은 급하게 미용실 쪽으로 발걸음을 옮겼다. 그때 저만치서 80대로 보이는 남성 노인이 누군가를 찾는 듯 두리번거리며 걸어오고 있었다.

　노인은 효빈을 발견하더니 놀란 얼굴로 다가왔다.

　"효빈이구나……."

　효빈은 화들짝 놀라 돌아보았다.

　"정말 효빈이야……."

　노인은 감격한 듯 눈물을 글썽이며 중얼거렸다.

　"저 아세요?"

　"김효빈. 금강고등학교 2학년."

　"어? 어떻게 아세요?"

　"……이래서였구나……. 이래서 그런 생각이 들었어."

　노인은 그렁한 눈으로 효빈을 바라보았다.

　노인은 아주 오래전에 보았던 핑크색 시폰 원피스가 생각이 났다. 비록 사진으로 남겨놓지는 못했지만 어제 본 것처럼 선명하게 기억하고 있었다. 노인은 그 원피스를 처음 봤을 때 왜 본 적이 있는 것 같은 기시감이 들었는지를 이제야 이해할 수 있게 되었다. 지금 효빈이 입고 있는 핑크색 시폰 원피스가 그때 본 그 원피스와 완전히 똑같았다.

　효빈이 의아함이 가득한 얼굴로 노인을 바라보는데 노인은 또 예상치 못한 말을 했다.

"정말 예쁘구나. 앞머리 정리하면 이렇게 예쁠 줄 알았어."

"예?"

효빈은 당황해 헝클었던 머리카락을 손가락으로 쓱쓱 정리했다. 그러나 이내 효빈의 얼굴에 쓸쓸한 빛이 감돌았다.

"똑같은 말을 한 친구가 있는데……, 이젠 친구 아니지만요. 어쨌든 감사합니다. 근데 절 어떻게 아세요?"

노인은 효빈의 풀죽은 모습을 짠하게 바라보았다.

"잠시 어디 앉아 얘기할 수 있을까? 공원을 찾아 헤맸더니 다리가 아프구나."

효빈과 노인은 공원 호숫가 벤치에 나란히 앉았다.

효빈은 어색함에 정면의 호수만 바라보고 있는데 노인의 시선은 효빈에게서 떼어지질 않았다. 이에 약간 부담스러워진 효빈이 먼저 대화를 시작했다.

"절 어떻게 아세요?"

"……아주 오래전에 널 알고 지냈단다. 늘 그리워했고, 평생을 후회했고……."

노인은 감정이 북받치는지 잠시 말을 쉬었다. 효빈은 노인의 말이 이해가 가지 않았지만, 알 수 없는 끌림이 느껴졌다. 효빈은 가만히 기다렸다. 노인의 이야기를 더 듣고 싶었다.

"죽기 전에 널 만나고 싶어 1분 1초도 낭비하지 않고 밤낮을 갈아 넣었다. 나에게 주어진 시간이 모자란다는 걸 이미 알고 있었거든."

역시나 계속 들어봐도 효빈으로서는 이해할 수 없는 이야기였다. 하지만 굳이 무슨 소리냐고 따지고 싶진 않았다. 비록 이해할 수 없는 이야기지만 노인의 눈과 표정과 어조에서 간절함이 묻어 나왔다.

효빈은 노인의 눈빛이 낯이 익은 기분이 들었다. 누군지 떠올려보려 애를 썼다. 혹시 자신이 아는 사람이 아닌지, 누군지 알게 되면 그의 말도 이해가 될 거라고 생각이 됐다. 하지만 아무리 애를 써도 누군지 도통 짐작할 수 없었다.

효빈은 용기를 내 물었다.

"제가…… 잘 기억이……. 혹시 절 언제 보셨어요?"

노인은 대답 대신 엷은 미소를 지었다. 그 미소 역시 낯설지 않은 느낌이었다. 역시나 분명 어디서 본 것 같은, 느낀 것 같은 미소였다. 동시에 가슴 한쪽이 저릿한 느낌도 들었다.

"누구세요, 할아버진……?"

"내가 누군지 알게 될 날이 부디 왔으면 좋겠구나."

"……."

효빈은 재차 누구시냐고 묻기가 죄송해 노인의 말을 이해해

보려 최대한 노력했다. 하지만 아무리 기억하려 해도 도무지 짐작조차 가지 않았다.

"그런데 왜 그렇게 도망쳤니? 친구들이 열심히 부르던데."

"예? 다 보셨어요?"

효빈의 얼굴이 순식간에 빨개졌다. 노인은 미소를 지었다. 보지 않았어도 알 수 있는 일이었다. 만약에 그날이 맞는다면 말이다.

"그게…… 친구들이 자꾸 고백하라고 떠밀어서……."

노인의 눈에 눈물이 핑 돌았다.

'역시 오늘이었구나, 그날이……. 내가 제대로 왔어.'

노인은 60여 년 전, 나경이 말했던 그날로 제대로 잘 찾아 왔다는 것에 가슴 깊이 하늘에 감사했다. 그러고는 조금은 잠긴 목소리로 조심스레 이야기를 건넸다. 평생을 꿈꿔오던 바로 그 순간이었다. 이 이야기를 하기 위해 60여 년을 거슬러 효빈을 만나러 온 것이었다.

"고백을 했으면 좋았을걸. 그 애도 좋아했을 텐데."

그러나 효빈은 깜짝 놀란 듯 손사래를 치며 말했다.

"아뇨, 절대. 걘 아주아주 인싸라 저 말고도 엄청 인기가 많 아요. 어떻게 거절해야 하나 부담만 줬을 거예요."

"그래도 해보지 그랬니."

"사실 지금도 절 피해 다니는데, 더 불편한 사이가 되면 안 돼요. 제가 꼭 해줘야 할 일이 있거든요."

효빈은 아무렇지 않은 척 애써 밝게 이야기했다. 노인은 효빈이 상처받은 게 미안하고 가슴 아프면서도 해줘야 할 일이라는 말에 의문이 생겼다.

"해줘야 할 일?"

"네, 세상에서 오직 저만 해줄 수 있는 일이에요."

효빈이 빙그레 웃었다.

"무슨 일인지 궁금하구나."

"말씀드려도 믿지 못하실 거예요. 그냥, 그 애의 가장 중요한 날 근처에 있어 주는 일이에요."

"……?"

"당황할 일 생기지 않게."

노인의 가슴이 쿵 내려앉았다. 그래도 설마 싶었다.

"너는 여잔데 어떻게 근처에 있으려고 하니?"

"다 방법이 있지요."

효빈은 준비된 자의 뿌듯함으로 선뜻 대답했다. 그러나 이내 이상함을 깨달았다.

"어? 할아버지 제가 무슨 일 하려는지 아세요? 아직 하려면 꽤 멀었는데."

효빈이 동그래진 눈으로 물었다. 노인이 평생을 설마 하며 궁금해하던 의문이 사실로 확인되는 순간이었다. 수능 시험장의 그 학생이 효빈이 맞았던 것이다. 노인의 눈가에 눈물이 핑 돌았다. 준우는 미래의 자신이 언급한 비밀이라는 규율을 지켜주기 위해 자신의 시간이 건너뛴다는 것을 효빈에게 말하지 않았었다.

"……알고 있었어……?"

"네?"

"알고 있었구나……."

"뭘요?"

효빈이 연신 눈을 깜빡이며 물었다. 효빈이로서는 노인이 자신과 준우 사이 시간의 비밀을 알 리 없다고 생각했기에 노인이 과연 무얼 짐작하고 저런 말씀을 하시는 건지 궁금했다.

노인은 대답 대신 온화한 미소를 지으며 이야기했다.

"너만이 해줄 수 있는 게 또 있단다."

대체 무슨 말들인지 효빈은 하나도 알아들을 수 없었다. 노인은 주머니에서 휴대폰을 꺼냈다.

"휴대폰을 주웠는데, 누구 건지 알겠니?"

효빈은 휴대폰을 이리저리 살펴보았다.

"글쎄요. 신형인데 되게 낡았네요."

정말 이상한 일이었다. 노인이 보여준 휴대폰은 출시된 지 한 달도 안 되는 완전 신형 모델이었다. 그런데 마치 몇 년은 사용한 것처럼 손때가 묻어 있었다. 노인은 휴대폰의 잠금 해제 패턴을 그렸다. 그러자 휴대폰의 배경화면이 나타났다. 놀랍게도 효빈의 사진이었다.

"어?"

효빈의 눈이 동그래졌다. 빙수 카페에서 생일 파티를 할 때 케이크의 촛불을 끄던 효빈 모습이 담긴 사진이었다. 노인은 이번엔 갤러리 속 사진들을 보여줬다. 그 안엔 온통 효빈의 사진들뿐이었다. 교실이나 학교에서의 효빈 모습들이었다. 하나같이 찍는 걸 의식하지 못한 듯 자연스러운 상황들이 담겨 있었다. 몇몇 사진들은 대학 시절 준우 방에 놓여 있던 사진들이었다.

"네 사진들이 많아. 넌 알 것 같아서."

"정말 나네⋯⋯."

효빈은 노인이 보여주는 사진들에 당혹스러움을 감추지 못했다. 그러다 어느 사진에서 화들짝 놀라 소리쳤다.

"어! 잠깐만요!"

학교 일각에서 효빈이 나경과 지수, 보영에게 끌려가고 있는 사진이었다. 효빈은 믿을 수가 없어 눈을 크게 뜨고 다시 한번 집중했다. 다시 봐도 바로 오늘이었다. 몇 시간 전 학교 운동장에서 축구하는 준우를 넋 놓고 쳐다보다 나경과 지수, 보영에게 연행되듯 끌려갔던 그 순간의 사진이었다.

"이 사진은……."

효빈의 눈동자가 심하게 흔들렸다.

14

주인공

효빈과 이별이 아닌 이별을 맞이한 후 준우는 친구들과 농구를 하거나 축구를 하는 일이 부쩍 늘었다. 운동에 집중하는 동안은 복잡한 마음이 들지 않았다.

그날도 준우가 먼저 친구들에게 방과 후 축구 한 게임을 제안했다. 그런데 그날따라 웬일인지 집중이 잘 안 됐다. 이럴 땐 잠깐 쉬는 게 낫겠다 싶어 준우는 축구를 하다 말고 빠져나와 한쪽에 가서 앉았다.

자리에 앉자마자 준우는 휴대폰부터 꺼냈다. 준우는 휴대폰 속 갤러리에서 효빈의 사진들을 하나씩 넘겼다. 이렇게 마음이 시끄러울 땐 효빈의 사진들을 보면 진정이 됐다. 현실의 효빈과는 눈이 마주치면 피해야 하지만, 이렇게 사진 속 효빈과는 눈을 맞추고 있을 수 있고, 바라보며 미소도 지을 수 있기에 그나마 조금은 위로가 되었다.

그렇게 사진들을 보다 문득 고개를 드니 효빈이 학교 건물에서 나오고 있었다. 준우는 벌떡 일어나 휴대폰을 내려놓고 얼른 다시 친구들 사이로 달려갔다.

"쉰다며?"

"쉬었어. 패스, 패스!"

준우는 공을 가진 친구에게 소리치며 뛰어갔다. 준우에게로 공이 패스됐다. 쉬고 있던 준우가 다시 나와 공까지 가지게 되자 스탠드에서 구경하던 여학생들이 일제히 까—, 소리를 지르며 환호했다. 그 소리에 효빈도 운동장 쪽을 바라보게 되었다. 준우가 보이자 효빈은 자기도 모르게 걸음을 멈추고 시선을 고정했다.

잠시 후 준우가 공을 몰아 골을 집어넣었다. 여학생들은 마치 자신이 골을 넣은 듯 팔짝팔짝 뛰며 좋아했다. 으쓱해진 준우는 천천히 달리며 효빈이 서 있던 쪽을 슬쩍 쳐다보았다. 효빈이 나경과 보영, 지수에게 끌려가고 있었다. 준우는 자기도 모르게 우뚝 멈추어 섰다. 공을 찰 마음이 사라졌다.

준우는 다시 양해를 구하고 자리로 가 앉았다. 나경 일행이 효빈을 끌고 교문으로 데리고 가고 있었다. 곧 사라질 효빈의 모습을 사뭇 아쉬운 듯 바라보던 준우는 휴대폰을 들어 그 모습을 담았다. 찰칵―.

효빈은 보면서도 믿기지 않았다. 좀 전의 자신과 친구들이 분명했다. 노인은 이 사진에 기록된 날짜 덕에 나경이 말한 그 날을 정확하게 짐작할 수 있었다.

"대체 누구 휴대폰이죠?"

"이런 사진들로 견딜 수 있다고 믿는 바보 녀석의 것이겠지."

노인은 확인해주듯 통화 단축번호 1번을 길게 눌렀다. 그러자 바로 휴대폰 벨이 울렸다. 효빈의 휴대폰이었다. 효빈은 얼른 휴대폰 발신자를 확인했다. 순간 심장이 멈추는 기분이었다. 발신자가 '준우'였다. 노인이 통화 종료 버튼을 누르자 효빈의 휴대폰 벨 소리도 딱 멈추었다. 효빈은 노인이 들고 있는 휴대폰을 다시 바라보았다. 효빈의 눈동자가 심하게 흔들리고 있었다. 효빈의 동요를 느낀 노인은 다시 한번 효빈을 격려했다.

"해보지도 않고 거절당하는 것부터 떠올리지 말렴. 다음에 어떤 길이 이어질지 모르지만 타협하지 않고 부딪쳐보는 게 중요한 거란다."

순간 효빈의 머릿속에 준우가 했던 말이 떠올랐다.

"해보지도 않고 부정적인 것부터 떠올리지 마. 무조건 전력으로 부딪치면 돼. 다음에 어떤 길이 이어질지 모르지만 타협하지 않고 갈 생각이야."

몇 달 전, 한국대 물리학과를 목표로 한다는 준우의 계획에 효빈이 자신 없어 하자 준우가 했던 말이다.

효빈의 가슴이 두근거리기 시작했다. 효빈은 노인을 쳐다봤다. 노인은 용기를 내라는 듯 고개를 끄덕였다. 이에 효빈은 벌떡 일어났다. 하지만 이내 표정이 어두워지더니 다시 자리에 앉았다.

"역시……, 안 되겠어요."

효빈은 고개를 저었다. 효빈은 촉촉한, 그러나 한층 밝아진 목소리로 속마음을 털어놓았다.

"정말 그렇게 많이 저를 좋아한다면 이대로 멀어지는 게 더 나아요. 저는 그 애 곁에 오래 있어 줄 수 없어요. 제 욕심으로 그 애도 저처럼 추억에 얽매여 과거에 살게 할 순 없어요."

"……."

"그래도 싫어져 떠난 줄 알았는데, 좋아한다니……. 저는 그 것만으로도 행복해요. 제 소원을 이루지 못하게 된 건 아쉽지만, 저는 정말 기뻐요."

노인은 가슴이 먹먹해졌다.

효빈이 있지도 않은 남자친구를 내세워 준우의 고백을 받아주지 않은 이유를 방금 효빈이 입으로 직접 들었기 때문이다.

"……소원이 뭔지 나한텐 살짝 알려줄 수 없겠니?"

"믿기 힘드실 얘기라 모든 걸 다 설명해드릴 순 없지만 저는 그 애 덕분에 음악이 아름답다는 걸 알았어요. 그 애 곁에선 음악이 제 속도로 들려요."

"……!"

노인은 순간 가슴이 저릿해졌다. 그래……, 소리……. 당연히 소리가 다르게 들렸겠구나……. 노인은 그제야 그걸 깨달았다.

"그래서 수능이 끝나면 그 애와 음악회에 가고 싶은 목표를 세웠어요. 아니, 할 수만 있다면 언젠간 둘만의 연주회를 열고 싶어요. 제가 연주하는 피아노는 그 애가 함께 있어야만 아름다울 수 있거든요."

효빈은 상상만으로도 기쁜 듯 밝게 웃었지만 노인은 그렁이는 눈물 때문에 햇빛 아래 활짝 웃는 효빈의 얼굴을 선명하게 볼 수 없었다.

노인은 잠기는 목소리를 애써 가다듬어 천천히, 확신에 차

이야기했다.

"아마도 그 녀석은 그 녀석만이 해줄 수 있는 게 있다는 걸 모르고 있을 거야. 네가 그걸 알려주지 않겠니? 그래서 그 녀석이 너하고밖에 할 수 없는 것들을 계속해나갈 수 있게 해주렴. 매일매일이 특별한 날이 될 수 있도록 말이야."

"특별한 날이요……?"

효빈은 그 뜻을 곱씹으려는 듯 재차 물었다.

"그래, 두 사람이 만드는 평범한 날들이 너희들에게는 서로에게 만들어줄 수 있는 특별한 날이지 않니."

"……!"

효빈의 가슴이 다시 두근거리기 시작했다.

"그 애가…… 부디 늦게 전에 그걸 깨달을 수 있게 해주렴."

효빈은 자신과 준우의 상황을 정확히 알고 있는 듯한 노인의 조언을 더 이상 외면할 수 없었다. 마치 준우와 자신의 마음이 자신에게 부탁하는 것 같았다.

효빈은 다시 자리에서 일어났다.

"할아버지, 여기 잠시 계세요. 휴대폰 주인 금방 데리고 올 테니 어디 가지 마세요. 꼭 여기 계셔주세요."

노인은 대답 대신 안도의 미소를 지었다.

효빈은 달려왔던 방향으로 되돌아 뛰어갔다. 가슴이 터질 것 같았다. 여전히 자신 없어 하는 효빈을 지금의 노인처럼 거듭해 격려하던 준우의 말이 다시금 효빈의 귓가를 맴돌았다.

"자신의 한계를 극복하려 노력하는 순간이 바로 그 사람이 굉장한 빛을 발하는 순간인 거야. 태어났으면 인생에 그런 순간을 한 번쯤은 만들어봐야 할 거 아냐."

효빈의 눈가에 눈물이 방울방울 맺히기 시작했다. 칠흑같이 캄캄한 밤하늘이 아름다운 건 수많은 별이 빛나기 때문이다. 그 별들도 수없이 태어나고 어느새 사라진다. 하지만 사라짐이 두려워 빛을 내지 않는 별은 없다.

멀어지는 효빈의 뒷모습을 바라보고 있던 노인의 눈가가 촉촉해졌다. 미래를 알려주는 건 절대 금기였다. 그 때문에 노인은 나경이 말한 그날의 효빈을 만나 고백을 이끌어내고 싶었다. 누가 먼저든 두 번 다시 너무 늦은 고백이 되지 않도록 하고 싶었다.

수능 시험 당일, 효빈은 남장을 하고 새벽같이 몰래 준우가 배정받은 학교로 들어갔다. 그러고는 시험 시간 내내 준우가 속한 교실 외벽에 기대앉아 시험 시간이 끝나기만을 기다렸다. 하마터면 선생님께 걸려 쫓겨날 수도 있었지만, 다행히 걸리지 않았다. 텅 빈 고요한 복도에 혼자 앉아 있는 것이 심심하기도 했지만 시간이 건너뛰어 준우가 시험을 망치는 일이 없도록 자리를 비우지 않았다. 비단 시험 시간 때만이 아니었다. 점심을 먹거나 쉬는 시간에도 시간이 건너뛰어지는 낭패를 당하지 않도록 효빈은 준우의 곁을 계속해 맴돌았다. 그러다 보니 자연히 준우와 마주칠 일이 여러 번 생겼다. 비록 모자와 마스크로 얼굴을 가리긴 했지만 최대한 준우 눈에 뜨이지 않길 바랐다. 하지만 준우의 시간 반경 안에 들어가 있어야 한다는 생각에 어쩔 수가 없었다. 그런 효빈 덕에 수능 시험장에서 준우의 시간은 단 1초도 건너뜀 없이 착실히 60초를 채우고, 60분을 채웠고 수석 입학을 했다.

준우를 위해 자신의 입시도 포기하고 하루 종일 혼자 복도에 앉아 있었을 효빈을 생각하니 노인의 눈에서 눈물이 흘렀다.

"지켜주고 있었구나……."

그리고 효빈이 피아노 연주 영상을 왜 자신과 함께 찍고 싶어 했는지, 왜 아무도 오지 않을 스튜디오 관객석의 의자를 정리하고 빈자리들에 인사를 했는지도 알게 되었다.

덕분에 노인은 이제 더 이상 자신을 죽도록 미워하지 않을 수 있게 되었다. 바보 같은 놈이었지만 그래도 어쨌든 효빈의 소원 하나는 들어주었기 때문이다.

노인은 필사적으로 살아오길 잘했다고 생각했다. 노인이 젊은 시절에는 시간여행, 특히나 과거로의 시간여행은 불가능하다고 여겨졌다. 그러나 노인은 미래의 나에게 메일이 왔었다는 것에 희망을 품고 노력을 멈추지 않았다. 그러던 중 빛보다 빠른 입자가 발견돼 많은 과학이론이 버려지고 재정립되면서, 노인은 드디어 본격적으로 시공간을 넘나드는 연구를 할 수 있게 되었다. 모두가 반신반의했지만 노인은 그것을 가능하게 할 시간 터널을 만들기 위해 무조건 전력으로 부딪쳤다. 덕분에 시한부 선고를 받고도 그 첫 번째 실험을 이렇게 훌륭하게 성공시켰다.

노인은 이제 죽어도 여한이 없다고 생각했다. 할 수 있는 모든 것을 다했다. 깨져버린 달걀에서 병아리를 꿈꿨다. 시간이 모자란다는 것을 알고 있었기에 일분일초도 허투루 흘려보내지 않았다. 60여 년 전 효빈의 마지막도 배웅하지 못하면서까지 말이다. 나머지는 지금의 자신에게 달렸다.

✦ ✦ ✦

친구들과 농구 중인 준우는 효빈이 그렇게 도망가버린 후 전혀 집중을 못 하고 있었다. 누가 봐도 걱정이 가득한 사람처럼 표정이 어둡고 몸놀림도 둔했다. 준우가 패스받은 공을 또 놓치자 재윤이 이상해 물었다.

"왜 자꾸 집중 못 해? 어디 아파?"

맞다. 재윤의 말대로 아팠다. 마음이 아팠다. 효빈과 헤어진 지 3개월도 더 됐는데 점점 더 아파지는 것 같았다. 그러나 그런 속내를 드러낼 순 없어 준우는 넉살 좋은 웃음으로 사과했다.

"미안."

준우는 공을 주우러 코트 끝으로 걸어갔다.

그러고는 공을 주워 고개를 드는데 기적과도 같은 광경이 눈에 들어왔다. 효빈이 농구 코트를 향해 뛰어오고 있었다. 좀 전에 멀리서 보았던 달라진 모습의 효빈을 잘못 본 것이 아니었다. 효빈이 어떤 모습이든 상관은 없었지만 저 모습의 효빈을 언젠간 꼭 보고 싶었다.

준우가 멈춰 서 꼼짝하지 않자 친구들도 준우의 시선이 머무는 곳을 쳐다봤다. 효빈이 농구 코트로 뛰어 들어와 준우 앞에 마주 섰다. 준우는 아무 말도 할 수 없었다. 분명 가슴은 기쁜데 머릿속은 대혼란이었다. 효빈도 상체를 숙인 채 숨을 고르느라 아무 말도 하지 못했다. 같이 농구를 하던 현승이 가장 먼저 반응했다.

"엇? 설마 너 김효빈이야?"

그러나 효빈의 귀에 다른 사람의 목소리는 들리지 않았다. 효빈은 고개를 들더니 준우를 똑바로 쳐다보며 똑 부러지게 말을 했다.

"할 말 있어!"

"헐……, 목소리 들으니 김효빈 맞네."

민환도 신기하다는 듯 한마디 했다. 준우는 재윤을 쳐다봤다. 그러자 재윤이 현승과 민환에게 먼저 가자고 했다. 현승과 민환은 웃으며 자리를 떴다. 그런데 민환이 가다 말고 돌아서서 효빈에게 외쳤다.

"김효빈! 내일도 그러고 학교 와!"

현승과 재윤도 동의한다는 듯 효빈을 향해 와, 하고 웃으며 손뼉을 쳤다. 이에 효빈의 얼굴이 빨개졌다. 효빈은 그제야 준우가 혼자 있던 게 아니라는 걸 인지했다. 이성을 되찾으니 효빈의 등등했던 기세가 사라졌다.

준우 친구들이 모두 떠나자 효빈은 준우와 단둘만 농구 코트에 남은 게 어색하게 느껴졌다.

효빈이 아무 말도 없자 준우는 내심 초조해졌다. 준우는 적막을 깨려 손에 들고 있던 농구공을 바닥에 한 번 툭 치고는 먼저 입을 열었다.

"할 말이 뭔데?"

효빈은 잠시 망설였다. 그러나 무조건 전력으로 부딪치라던 그 옛날 준우의 말을, 조금 전 노인의 조언을 떠올리며 마음을 굳게 먹었다. 효빈은 결심한 듯 용기를 내 큰 소리로 말했다.

"내 시간을 돌려줘!"

"뭐……?"

효빈은 준우의 눈을 똑바로 보며 이야기를 계속했다.

"너와 헤어진 후 모든 시간이 의미 없이 공허해졌어. 시간이 의미 없이 흘러가 버렸어. 낭비되고 있어. 너도 알고 있겠지만 난 남들만큼 인생을 길게 살 수 없어."

"……."

준우는 가슴이 아렸다. 내가 효빈의 병을 알고 있다는 걸 눈치챘구나……. 아파서 버린 줄 오해하고 있었겠구나, 하는 생각이 폐부를 깊숙이 찔렀다.

"날 두고 가는 걸 힘들어하는 아빠를 보며, 세상에 미련 없게, 아무 의욕 가지지 않으려 그저 시간을 흘려보내며 살아왔어. 하루하루가 너무 길었어. 그런 내가 널 만나 추억을 쌓으며 남은 시간들의 소중함을 알았는데, 이렇게 다시 흘러가게 내버려 두고 싶지 않아."

준우와의 수많은 추억이 주마등처럼 효빈의 머릿속을 스치고 지나갔다. 효빈의 눈에 어느새 눈물이 그렁그렁해졌다. 효빈의 거침없는 고백에 아무 말도 할 수 없던 준우는 자기도 모르게 들고 있던 농구공을 놓쳤다.

"……."

농구공이 굴러가고 있었지만 준우는 효빈에게서 시선을 떼지 못했다. 효빈 역시 그 시선을 피하지 않고 준우의 대답을 기다렸다.

준우의 눈가가 촉촉해졌다. 준우는 미래의 자신이 알려준 운명에 자기도 모르게 얽매여 있었다. 효빈의 미래도 이미 정해져 있다고 생각해 그 안에서 최선이라 여긴 선택들을 해왔다. 그 결과, 준우의 현재는 후회만 가득하고 전혀 행복하지 않았다.

"바보……, 나랑 있음 네가 손해라고. 25시간이 24시간이 돼버린다고."

"의미 없는 25시간보다 너랑 같이하는 24시간이 내겐 더 소중해. 난…… 네가 있어야 아름다운 음악을 들을 수 있어."

효빈의 눈에서 눈물이 뚝 떨어졌다.

준우는 결국 더 이상 자신을 속이지 못하고 효빈에게 다가가 효빈을 살며시 안았다. 준우는 깨달았다. 내 운명의 주인

공은 미래의 내가 아니라 현재를 살고 있는 지금의 나라는 걸.

준우는 후회의 종류를 바꿔버리기로 결심했다.

그 시각 나경과 지수, 보영은 지친 얼굴로 농구 코트 쪽으로 걸어왔다. 효빈을 찾아 공원을 헤맸던 세 사람은 혹시나 싶어 처음 도망갔던 곳으로 와본 것이다.

"어우, 기집애, 대체 어디 숨은 거야?"

보영이 투덜거리는데 지수가 놀란 얼굴로 나경을 툭툭 쳤다.

"저기 봐!"

나경과 보영은 지수가 가리키는 곳을 쳐다봤다. 농구 코트에서 효빈이 준우에게 안겨 있는 모습이 보였다. 효빈을 안은 준우의 표정은 더없이 따뜻해 보였다.

"네가 없는 하루하루가 이렇게 길 줄 몰랐어……. 내 시간을 가져가."

효빈의 눈에서 눈물이 흘렀다. 그제야 안심이 되었다.

사람들은 종종 상대가 원치 않는 배려로 상대를 더 힘들게 하는 실수를 하곤 한다. 준우도 그랬다. 그러나 최선으로 가는 길은 때에 따라 하나가 아닐 수도 있다.

효빈이 준우 주위의 따뜻한 공기를 느끼며 안겨 있는데 순간 펑—! 팟—! 펑펑—! 하는 폭죽 소리와 함께 종이꽃들이 날렸다. 효빈이 미용실에서 머리를 하는 사이에 나경이 이 순간을 위해 준비했던 폭죽과 종이꽃들이었다.

나경과 지수, 보영은 두 사람의 포옹에 환호하며 기뻐했다. 효빈과 준우는 쑥스러운 미소를 지으며 떨어졌다. 그러나 두 손은 꼭 잡고 있었다.

"축하해!"

"커플 탄생!"

지수와 보영이 큰소리로 외쳤다. 나경은 흔한 축하의 말 대신 피식 가볍게 미소 지었다.

"고마워."

효빈은 마음 깊이 세 친구에게 고마워했다. 그리고 또 한 분 감사해야 할 사람⋯⋯.

효빈은 그제야 노인을 떠올렸다.

"아, 할아버지!"

효빈은 준우의 손을 잡은 채 달리기 시작했다. 나경과 지수, 보영도 영문 모르고 따라 뛰었다.

호숫가 벤치에 도착해보니 노인은 보이지 않았다. 효빈은 여기가 아니었나 싶어 주변을 다시 눈으로 훑었지만 분명 이 장소가 맞았다.

"어디에 할아버지가 계신다고?"

헉헉거리며 따라온 보영이 힘들어 죽겠다는 듯 옆구리를 잡으며 물었다.

"기다리시라고 했는데……."

"가셨나 보다."

"아냐, 네 휴대폰 주우셨다고……."

"응? 나 휴대폰 있는데?"

준우가 무슨 소리냐는 듯 반문했다.

"뭐……?"

"여기."

효빈이 믿기지 않는다는 표정을 짓자 준우는 바로 주머니에서 꺼내 보여줬다. 노인이 가지고 있던 기종과 똑같았다. 그러나 매우 낡아 보였던 노인의 휴대폰과는 달리 준우의 휴대폰은 신형 모델답게 새것 티가 물씬 났다. 효빈은 어리둥절해졌다.

"잠금 해제해봐."

"왜?"

"해제해봐. 배경화면 좀 보게."

"안 돼, 싫어."

준우가 당황한 얼굴로 단칼에 거절했다. 이에 나경이 수상하다는 눈으로 준우를 흘겨봤다.

"왜 싫어? 배경화면이 뭐기에?"

"여자 사진이네."

지수가 뼈를 때렸다.

"야한 사진이든지."

보영은 한술 더 떴다.

"아냐, 그런 거."

준우는 바로 반박했다. 하지만 나경은 전혀 이해하지 못했다.

"그럼 왜 안 보여줘?"

난감해진 준우가 효빈을 쳐다봤다. 효빈 역시 의문 가득한 눈이었다. 그 눈빛을 보니 준우도 더는 어쩔 수 없다는 생각이 들었다.

준우는 휴대폰의 잠금을 해제하고 효빈의 눈앞에만 보여줬다. 노인이 주웠다는 휴대폰 배경화면과 똑같은 효빈의 사진이었다.

"……!"

효빈은 보고도 믿기지 않았다. 잘못 본 건가 싶어 다시 한번 확인해보고 싶었지만 준우는 휴대폰을 주머니에 넣으며 쑥스러운 표정으로 말했다.

"너만 알아."

"그러고 보니…… 잠금 패턴은 어떻게 아셨지……?"

효빈은 순간 자기도 모르게 중얼거렸다. 정말 그랬다. 준우 성격에 풀기 쉬운 잠금을 설정했을 리 없었다. 더구나 오늘 찍은 사진도 있었던 걸 보면 주운 지 얼마 안 됐다는 거다. 그런데 노인은 어떻게 그 짧은 시간 동안 잠금을 알아낸 건지 이해가 되지 않았다. 노인은 효빈이 고백하려던 사람이 준우라는 걸 알기라도 하는 양 준비한 것처럼 휴대폰을 꺼내 보여줬다. 게다가 효빈의 속마음도 도청이라도 한 듯 너무나 잘 알고 있었다.

'혹시, 내가 잠깐 꿈을 꾼 건가?'

생각하면 할수록 노인에 대한 의문이 점점 더 커져 눈동자만 굴리고 있는데, 나경이 효빈의 등을 탁 치며 씩씩하게 말했다.

"가자! 오늘이야말로 대대적인 단합대회를 해야지!"

"너 찾으러 헤맸더니 배고프다."

보영까지 재촉해댔다.

"나도."

지수도 거들었다.

"그래, 할아버진 또 만날 날 있겠지."

준우가 다정한 목소리로 말했다. 이에 효빈은 다시 밝은 표정이 되어 대답했다.

"응."

비록 의문은 많지만 효빈은 준우 말대로 할아버질 다시 만날 날이 또 있을 거라는 생각이 들었다.

15

같은 시간 속에서,
지금 너와 함께

준우와 효빈은 다시 스터디를 시작했다. 효빈 자리에는 더 이상 딸기우유가 아닌 망고 주스가 놓여 있었다. 효빈의 이모는 두 사람이 공부하는 모습을 CCTV를 통해 종종 지켜보았다. 늘 준우가 효빈을 가르쳐주고 있었는데 이제는 가끔 효빈이 준우를 가르쳐줄 때도 있었다. 그럴 때마다 이모는 흡족한 미소를 지었다.

두 사람의 모습을 보며 사람의 좋은 영향력에 대해 새삼 느꼈다. 역시 하나보다는 둘이 좋은 건가 싶기도 했지만 일 때문에 본인은 정작 연애할 시간도 없었다. 최고의 승률을 자랑하다 보니 불러주는 데가 너무 많아서였다.

그동안 이모에게조차 자신의 병이 시작된 것을 알리지 못했던 효빈에게 준우는 큰 의지가 되었다. 준우가 모든 것을 다 알고 있다는 게 쑥스럽기도 했지만 마음은 한결 가벼워졌다. 비밀을 공유하는 사이는 이래서 좋은 건가도 싶었다.

　준우에게 미래로부터의 메일은 더 이상 오지 않았다. 왜 오지 않는 건진 준우도 알 수 없었다. 다만 그동안 받았던 메일의 내용으로 추측만 할 뿐이었다.

　미래가 바뀌지 않아 시공간을 넘나드는 프로젝트를 실패한 채 시한부 인생이 다해 죽었는지도 모르고, 효빈과 다시 함께 하게 되어 늘어난 시간 덕에 이미 성공했는지도 모른다. 어쩌면 지금의 자신은 상상도 할 수 없는 또 어떤 변수가 일어났을 수도 있다.

　하지만 준우가 추측하는 가장 유력한 가능성은 미래의 자신은 시공간을 넘나드는 프로젝트를 지휘하고 있지 않을 것 같았다. 왜냐하면 준우는 의사가 되고 싶어졌다. 그런 엄청난 프로젝트의 성공을 목전에 두고 과거의 나에게 메일을 보냈던 자신이 효빈을 살릴 수 없을 거라고 미리부터 낙담하고 싶지 않았다.

　미래의 자신으로부터 온 메일로 인해 준우는 많은 혼란과 갈등을 겪었지만 덕분에 운명인 줄 모르고 스쳐 지나갔을 인연을 잡을 수 있었다. 이제 운명은 또 새로운 운명을 써나가기 시작할 것이다. 분명한 건 미래는 알 수 없고, 그래서 희망과 기대를 품고 나아갈 수 있다는 것이다. 지금을, 내 곁의 인연을 소중히 하면서 말이다.

4년 후

준우와 효빈이 손을 잡고 캠퍼스를 거닌다. 둘은 같은 대학교 의대에 나란히 다니고 있다. 꼭 함께 진학해야 한다는 준우의 강력한 의지에 효빈은 계획했던 대로 수능 시험 때 준우를 지켜주는 일을 하지 못했다. 고민했지만 준우 말이 맞는 것 같았다. 의사가 된 준우가 응급 처치나 수술 중에 시간이 건너뛴다면 그야말로 큰일이 날 일이었다. 그런 일을 방지하기 위해서라도 효빈은 반드시 같이 의사가 되어야 한다는 책임감을 느꼈다.

다행히 준우는 시험을 무사히 치렀다. 3교시 시험 때 어찌된 일인지 10분이나 시간이 모자라 평소보다 낮은 점수를 받

긴 했지만 어차피 효빈의 성적에 맞는 의대로 낮춰 진학할 것
이기에 큰 문제가 되진 않았다.

그렇게 의대생이 된 두 사람은 여전히 나경, 지수, 보영과
적어도 한 달에 한 번은 꼭 만났다. 나경이 앞장서 단합대회
모임을 주선했다.

- 나경 : 효빈이 너 2인용 자전거 타본 적 있어?
- 효빈 : 없어.
- 나경 : 좋아, 이번 모임은 여의도 한강공원. 괜찮지?
- 효빈 : 응.
- 준우 : 어째 네가 남친 같냐.
- 지수 : ㅋㅋ ㅇㅋ
- 보영 : 다섯인데 2인용이면 사람 수 안 맞잖아.
- 나경 : 돌아가며 타면 돼.
- 보영 : 어련하시겠어.

모임 날짜가 다가오면 어김없이 날아오는 이런 단체 카톡에
지방에서 기숙사 생활을 하며 대학에 다니고 있는 지수와 보
영도 꼬박꼬박 빠지지 않고 참석했다. 멤버들이 보고 싶어서

이기도 했지만 효빈에게 친구들과 함께 '처음'인 추억들을 잔뜩 만들어주려는 나경의 노력 덕에 만날 때마다 늘 새롭고 재미있었기 때문이다.

효빈은 자신의 비밀을 준우만 안다고 생각하지만 천만의 말씀이다. 나경이 더 먼저 알았고, 알게 된 죄로 효빈을 신경 쓰느라 피곤했다. 그래도 이제는 누가 뭐래도 효빈과 진짜 절친이니 억울해도 어쩌겠냐만 말이다.

예전의 나경이라면 준우를 만나고 싶어 효빈까지 만났겠지만 지금은 반대였다. 효빈이 건강히 잘 지내고 있는지가 궁금해 준우까지 불러냈다.

"잘 지내지?"

나경이 바로 뒤에서 2인용 자전거 페달을 함께 밟던 효빈에게 뜬금없이 물었다.

"응?"

"환절기잖아. 과로하면 안 돼. 괜히 준우 따라 무식하게 공부하지 마."

"훗─."

효빈의 입에서 웃음이 새어 나왔다. 나경이 준우에게 '무식'이라는 단어를 쓰다니……. 두 사람 옆에서 2인용 자전거를 혼자 힘들게 페달링하던 준우 역시 탄식했다.

"하, 나야말로 지금 과로 중이라고. 내 걱정도 해줘. 왜 나만 자꾸 혼잔데."

"됐어ㅡ. 뭐가 모자라야 걱정도 해주지. 그냥 쭉 살던 대로 사세요."

"변했어, 임나경. 나한테만 부드럽더니. 돌아와 줘ㅡ, 예전으로ㅡ."

"아, 시끄러워. 효빈아, 저 녀석 못 따라오게 밟자. 최대한!"

"응!"

살랑거리는 봄바람을 가르는 나경의 얼굴에 작은 미소가 번졌다.

현재까진 효빈이 너무나 건강해 보여 나경은 자신이 속았나 싶기도 하지만 덕분에 단합대회 끝은 늘 기분이 좋았다. 나경도 바라던 대로 약대에서 공부 중이고, 지수와 보영도 선생님과 게임 회사 취업을 목표로 열심히 살아가는 중이다.

준우와 효빈, 그리고 세 친구는 그렇게 쭉 더 많은 추억을 쌓으며 살아갈 것이다. 서로에게 좋은 영향력을 주고받으며 말이다.

〈끝〉

내 시간을 돌려줘!

2024년 2월 20일 초판 1쇄 발행

지은이 김현수
펴낸이 박시형, 최세현

책임편집 김명래 **디자인** 이정현 **외주교정** 노은정
마케팅 양근모, 권금숙, 양봉호 **온라인마케팅** 신하은, 현나래, 최혜빈
디지털콘텐츠 김명래, 최은정, 김혜정 **해외기획** 우정민, 배혜림
경영지원 홍성택, 강신우, 이윤재 **제작** 이진영
펴낸곳 팩토리나인 **출판신고** 2006년 9월 25일 제406-2006-000210호
주소 서울시 마포구 월드컵북로 396 누리꿈스퀘어 비즈니스타워 18층
전화 02-6712-9800 **팩스** 02-6712-9810 **이메일** info@smpk.kr

쌤앤파커스(Sam&Parkers)는 독자 여러분의 책에 관한 아이디어와 원고 투고를 설레는 마음으로 기다리고 있습니다. 책으로 엮기를 원하는 아이디어가 있으신 분은 이메일 book@smpk.kr로 간단한 개요와 취지, 연락처 등을 보내주세요. 머뭇거리지 말고 문을 두드리세요. 길이 열립니다.